TAKE
SHOBO

強引執着溺愛ダーリン

あきらめの悪い御曹司

日野さつき

ILLUSTRATION
もなか知弘

蜜夢
MITSU
YUME

強引執着溺愛ダーリン
あきらめの悪い御曹司

CONTENTS

MITSU YUME

イラスト／もなか知弘

強引執着溺愛ダーリン

あきらめの悪い御曹司

序

目を覚ますととなりに彼がいて、麻里《まり》は微笑みを浮かべた。

薄暗いベッドでも、まつげが長いのがわかる。

ふとふれたくなって指をのばすと、彼がわずかに身じろいだ。

起こしてしまったか、とひやりとする。

様子をうかがっていたが、どうやらまだ眠っているらしい。

眠りが深いのかもしれない——麻里は身を起こした。

毛布が落ち、彼がさんざん愛撫《あいぶ》した胸元が露わになる。やわらかい乳房に点々とキスマークが散っていた。

眠っている彼の鎖骨が目に入る。

あそこだったら、もしキスマークがあっても大丈夫だ。普段彼はスーツを着用しているから、隠れて誰の目にも留まらない。

自分だけが知っている刻印をつけてみたくなって、麻里は身をかがめた。

強く彼の肌を吸い上げたら起こしてしまうだろうな、といたずらっぽい気持ちで考えた。

怒るだろうか、でもつけてみたい。

鎖骨に、麻里はくちびるを押しつけた。

「こら」

声がすると同時に、麻里の身体は勢いよく持ち上げられた。

「寝こみを襲う気か？　俺だって、まだそんなことしてないのに」

「ま、待って……っ」

彼は眠っていなかった。

寝たふりをしていて——あっという間に麻里は組み敷かれていた。

「なに？　なにかしたいプレイでもあった？」

愛し合ってから眠っている。おたがいなにも身に着けておらず、彼の下腹部が硬化しているのを密着した太腿《ふともも》への圧迫で悟った。

「プ、プレイなんかじゃ……」

「じゃあなに？」

彼の舌がうなじを這《は》い、くちびるがついばむように動いて刺激してくる。

「う……っん……ちが、だって……キスマーク、私にばっかり……」

「キスマーク？」

彼の目が、麻里の胸元に落ちる。

「俺にもつけようとしたのか」

楽しげにいい、彼は麻里に笑顔を見せた。

「お手本、見せようか」

「お、お手本？」

それにはこたえず、彼は麻里の胸元は腹部、太腿にくちづけはじめた。強い刺激と、ちゅ、と吸いつく音。そのたびに麻里は短い声を上げ、腰を蠢《うごめ》かせていた。

「きれいについてるよ、キスマーク。どうする？　鏡のあるところで確認するか？」

そういいつつも、彼は麻里の返答を待たなかった。

麻里の足を抱え上げ、のしかかってくる。

「待って、ゆうくん……待ってってば……ぁ」

「そうだな、確認は後にしよう。キスマークのレッスン代、先にいただいてもいいかな？ ここは……すっかり準備できてるみたいだし」

大きく開かれた麻里の足の間に、彼は腰を落としていく。すでに潤っていた淫花は彼の猛りを受け入れ、麻里は身体を仰《の》け反らせていた。

「ぁ……あっ、あ……！」

彼の胸にしがみつく。

麻里は彼の首にくちびるを寄せてみたが、荒々しく揺さぶられるなかでは、うまくキスマークをつけることはできそうになかった。

「や、あ……っあ……」

絶え間ない快感に麻里が背を浮かせたとき、彼のくちびるが肩に吸いついた。そこを強く吸われる。

「全身につけていいか？」

楽しそうな彼の声を耳にしながら、麻里は絶頂の波に意識をさらわれていた。

1

『好きなひと、いないの？』

三枝佐恵子《さえぐささえこ》に尋ねられて、麻里は一瞬息が詰まったような感覚に襲われた。

スマートフォンの向こう側からは「ねえ」と佐恵子の声がする。好奇心に彩られた彼女の声に、麻里は努めて明るい調子で返していた。

「いないよぉ、出会いなんてぜんぜんないんだもん」

自分の声が上擦っているような気がする。

麻里はこれといって恋愛をしておらず、したいとも思っていないのにどぎまぎしている。まさかふいうちのような佐恵子の問いかけで、彼の顔を思い出してしまうなんて、予想外のことだった。

『そんなことといって、麻里ちゃんあたしが前に紹介したひととも、あっさり別れちゃったじゃん。半年保《も》たなかったんじゃない？　だからほかに誰かいるのかな、って……まさか、家庭持ちなんかじゃないよね？』

言葉の最後、やけに真剣な響きがあった。当の佐恵子は、近く恋人と籍を入れることになっている。その報告をする会を開くので、出席してほしい、とかかってきた電話だった。これから家庭を築いていく身としては、親交のある友人が家庭持ちと不埒《ふらち》な関係にある、などという話は歓迎できるものではないだろう。

「誰もいないってば、家庭持ちとか冗談やめてよぉ」

『ごめんごめん、だけど全然彼氏つくんないから、なんでかなーって。女の私から見ても、麻里ちゃんかわいいのに』

「あ、ありがと……いいひとと出会えたら、それこそまっしぐらだよ」

佐恵子の笑い声を耳に、麻里はそっと息をつく。脳裏に浮かんでいた顔は、やっと薄れて消えていこうとしていた。

『トモの友達も何人か来るって話だよ。いいひといたらいいねぇ』

彼女の夫となるトモ――三浦友彦《みうらともひこ》にも、麻里は面識がある。ふたりとも以前の勤め先の同僚で、現在はふたり揃《そろ》っておなじ田代《たしろ》陶房という窯元で働いている。

地元の名産であるK焼の職人をしている三浦は温厚な男で、彼の友人ならきっといいひとだろう。

ただそのひとが、麻里にとっていいひとになれるかはべつだ。

　ふたたび脳裏に浮かんだ顔があって、麻里はきつく目を閉じた。

『ね、ぜったい来てね！　麻里ちゃんには来てほしいの』

「それにしても、なんで祝われる佐恵ちゃんが幹事みたいな真似してるの？」

『変なことじゃないよ、式挙げるんだったら、招待状出したりするでしょ。そんな感じ。みんなに電話して、ひさしぶりに声聞けて楽しいし』

　会は至極気楽なもので、普段着でかまわない。レストランを借り切り、友人を集めた立食パーティだから、むしろ楽な格好で来てほしい。そう話す佐恵子の声は弾んでいた。

『――くんと麻里ちゃんが別れてから、軽く一年は経ってるでしょ？』

　佐恵子が話題を戻そうとするのがわかって、麻里はぎょっとする。

『トモに話してみて、誰かフリーなひといないか……』

「ね、結婚祝い、なにか欲しいものない？」

　佐恵子の言葉を麻里はさえぎった。頭には、つい先ほど消えたばかりの顔が戻ってきている。なつかしくて、ほかの女の子と並んで立つ姿を眺めるしかなかった顔だ。

「欲しいものあったらなんでもいって！　どうせなら喜んでほしいし」

『気を遣わないでいいよ、そんな……』

「なんで？　お祝いなんだし、こういうときのために貯金してるようなものだもん。包丁でもまな板でも、鍋でもなんでもいいって」

『全部台所用品じゃない！』

スマートフォンを思わず耳から離してしまうくらい大きな声で、佐恵子が笑い出した。

『……おねだりしちゃっていい？　ミキサー、欲しいかも』

「ミキサーと、ほかは？」

『やだ、ほんとに大盤振る舞いじゃない！』

「ミキサーは佐恵ちゃんのお祝いで、三浦さんの分もあるでしょ？　旦那さんなんだし、佐恵ちゃん決めちゃいなよ」

『そんなこといわれても、すぐ思いつかないよ』

困ったような口振りだったが、佐恵子の声は笑いを含んでいる。

友人の楽しそうな声は、麻里を明るい気分にさせた。

一度頭に浮かんだ彼の顔を消すのは難しかったが、それでもそこから思いを逸らすことはできたのだった。

暑いかもしれない、と上着を薄手のものにしたことを、麻里は後悔していた。九月の半ば、過ぎた夏を思い出すような気温の日が続いていた。そのために選んだ服装だったのだが、いざ出かけてみると肌寒さを通り越し、腕から凍《こご》えが這《は》いのぼっている。目的地の駅に降り立って歩きはじめたときには、ノースリーブのパーティドレスを選んだことを後悔していたし、羽織りものに透かし編みのボレロを選んだことを悔んでいた。振り返っても駅も線路も確認できなくなったところで、いまからでもタクシーを捕まえられないか、とあたりを見まわしてみた。休日の昼をすこし過ぎたところ、往来にひとの姿さえ見当たらない。

会場への最寄り駅は二ケ所あり、麻里が下車しなかったもう一方からはバスが出ている。そちらを選ばなかった自分にため息をつきつつ、麻里は足を運びはじめた。

佐恵子と三浦の結婚を祝う立食パーティが、きちんとしたドレスコードのある食事会に変更になる、と連絡があったのは半月前のことだ。

連絡をよこしたのは、沢村《さわむら》というやはり以前の同僚である。

親戚からの意見があったからららしく、気軽な飲み会に参加する気分でいた麻里は急な変更に驚いていた。

佐恵子とは普段からＬＩＮＥで連絡を取る間柄なので、そのことについて尋ねると『ごめんね、親戚がちょっと』と弱っている気配があった。その親戚は無下《むげ》にできない相手らしく、しかし三浦と決めたことに口をはさまれて困っているようだ。三浦はこれといって怒っておらず、ひとり佐恵子だけが変更について釈然としていない状況らしかった。『今度愚痴聞いてー』と泣き顔のスタンプと一緒にメッセージが送信されてきていた。こまかいことはいずれ尋ねればいい。ひとまず佐恵子たちを祝福しようと決めていた。

「春原さん？」

後方から声をかけられる。まだ道路にタクシーの姿がないか視線をさまよわせていた麻里は、そちらを向いた。

「ああ、やっぱり春原さんだわ。ひさしぶり、お元気でした？」

麻里に呼びかけ追いついて来たのは、会場変更の連絡をくれた沢村だった。

相好を崩した彼女は麻里とは違い、厚手の上着を羽織った上にショールを重ねている。沢村の顔は赤く、どことなく汗ばんでいるように見えた。

「春原さん、寒くないの？」

「沢村さんこそ、暑くないんですか？」

足を止めて顔を見合わせて笑う。

笑ったまま沢村はショールを外し、麻里に手渡してきた。

「会場までどう？」

「ありがたくお借りします」

明るい空色のショールは、麻里のドレスのピンクによく合っていた。ショールを肩に巻くと、寒さはぐっとやわらぐ。帰りはタクシーを捕まえよう、と麻里は心に決めていた。まだ開始の時間までは余裕があり、ゆっくりふたりで歩を進める。

現在、麻里は二十六歳、佐恵子は二十八歳だ。沢村は三十路を越えてから年齢を口にしなくなり、それが確か四年ほど前のこと。ともかく沢村は年上なのだが、とても肌がきれいだ。前職で麻里は、佐恵子や沢村とおなじ窯元で事務職に就いていた。雑用や接客で、ばたばたと忙しかったが、そのころから沢村の肌はきめがこまかく、美しかった。

「最近どうされてたんですか？」

「娘が中学に上がったから、近所にパートに出てるの。頼んでおかなくても、娘があれこれ家のなかのことやってくれて……いっそ正社員になれる仕事探しちゃおうかしらって思ってるところ」

楽しそうな声で、沢村が娘がみずから家事を手伝ってくれることを喜んでいるのだとわかった。

「急に会場が変わって、ちょっと驚きましたね」

麻里が切り出すと、ハンカチで鼻のまわりをおさえながら沢村はうなずく。

「三枝さんのご親戚が、略式ですませるのをいやがっちゃったって」

うなずき、麻里は先をうながした。

「三枝さんのおうち、お母さんとふたりって知ってた？」

「ええ、前にそんなようなことを」

なんの話題のときだったか、母子家庭で、と佐恵子がいっていたのを覚えている。

「なんでもお母さんのお姉さんにお世話になってたらしいのね、小さいころ。その方がちょっと口うるさいらしくて」

「それじゃ、今日はその親戚の方も」

佐恵子を祝うのだ、とどこか弾んでいた気持ちはすこし沈んでしまった。

「そうみたい。ほかにも酒寄屋《さかより》のひとたちも招待してるっていうから、きっとなつかしい顔も多いんじゃないかしら」

佐恵子たちと麻里が勤めていた窯元・酒寄屋の経営がままならなくなったのは、二年ほど前のことだ。

全社員を合わせても二十人ほどの窯元で、うつくしい彩色の焼きものを手がけていた。

しかし、腕のいい職人であり、酒寄屋を引っ張っていた社長が事故に遭《あ》ったことで、あっという間に状況は変わってしまった。

生命に別状はなかったものの、利き腕に若干の麻痺《まひ》が残った社長は後任に席を譲った。いまでは生まれた街に帰り、夫婦で小さな陶芸教室を開いている。

後任の新社長は意欲的で、前社長の下で働いていたときには頼りになるひとだった。ただあまり他人の話に耳をかたむけるタイプではなく、経理に自分の妻を据えたあたりから急激に状況は悪化した。新社長は奥さん共々行方がわからなくなり、そのとき麻里にできたことは債権者会議の手配などだけだった。

幸いなことに、技術のある職人たちはべつの窯元に移り、事務職だった麻里も焼きものを扱う会社に再就職ができて現在に至っている。

「あそこじゃない？　見えてきたわ」

沢村の声に目を向けると、道の先、大きな木のとなりに白い建物があった。明るい日差しと風を受けて揺れる枝葉と、汚れのない白い壁は、佐恵子たちを祝う場所としてふさわしい印象があった。

「スペイン料理屋さんなんですって」

「こういう席でスペイン料理って、私はじめてかも」

「三浦さんの親戚がやってるそうよ。あ、ほらみんないる」

沢村の声が高くなった。つられて麻里も声を上げて手を振っていた――酒寄屋で慣れ親しんでいた顔が、木の陰からのぞいていたのだ。麻里たちに笑顔を向けている。

「おひさしぶり」

「お元気そうで――」

挨拶を交わし、なつかしい顔に囲まれた麻里は満面の笑みを浮かべていた。

酒寄屋が消えていくときはつらいものがあったが、ほそくとも縁は続いている。なつかしい顔に再会できる場所が、友人の結婚を祝う席なのはなおさらうれしい。

開場時間よりすこしはやく到着したので、店の駐車場で近況報告に花を咲かせた。こどもが大きくなった、仕事が忙しい、マンションを買うか迷っている。取るに足りない話題だが、いやな話はひとつも出てこなかった。

「次は春原さんかな、順番からして」

話の矛先がいきなり自分の方を向いて、麻里は目を見開いた。

「私？　いえ、私はぜんぜん」

「そうなのか？　なんだ、彼氏つくんないのか」

酒寄屋で主任を務めていた西脇《にしわき》が笑う。再会した彼はすっかり頭に白いものが目立つようになっていたが、以前と変わらない軽い調子で「紹介できる若い男なんて、いないしなぁ」とつぶやいた。

頭のなかに思い浮かんだ顔があって、麻里は言葉を返せなくなっていた。

佐恵子から食事会の連絡があってから、ひんぱんに起こることだ。

――好きはひと、いないの？

好きなひとならいない。

ただ、忘れられないひとならいる。

もう過去の存在なのに、いまでも麻里は彼を想っていた。

「すみません」

店のロゴが入ったエプロンを着けた従業員が、声をかけてきた。

「三浦様のお客様でしょうか？　お飲みものを用意しておりますので、よろしければなかにどうぞ」

真っ白な外装と違い、店内は木の質感を活かした内装だった。丸テーブルが並び、もてなしの用意がされている。

手にクリップボードを持った厨房《ちゅうぼう》服の男性が顔を出し、ひとつ頭を下げた。

「こちらでお客様のお名前の確認をさせていただいてよろしいでしょうか。三浦様並びに三枝様のご結婚おめでとうございます。本日の料理を担当させていただきます、私、井口《いぐち》と申します」

祝われる両人の姿がないのに、全員がおめでとうございます、と返していた。

井口が顔をほころばせる。

「じつは三浦友彦は私の従兄弟でして、本日はみなさまと一緒に祝わせていただこうと思っております」

ミントの香りのする飲みものが振る舞われ、フロアの片隅で麻里は沢村と雑談をし、店内を見まわした。

徐々に招待客が集まりはじめ、着物で装った年配の女性の姿も見られる。漏れ聞こえる会話は結婚を祝福するものばかりだった。

座席は決まっていなかったため、元酒寄屋のメンバーは、先に新郎新婦の親戚に席を決めてもらおうと話し合っていた。

フロアの一角、広い壁にスクリーンが設置され、どうやらそこにプロジェクターで映像を流すようだ。

「ごめんなさいね、あたし目がよくないから」

ひとりの年配女性がスクリーンに近い席に腰を落ち着けたのを皮切りに、続々と席が埋まりはじめた。

店のスタッフの動きも慌ただしくなっていく。

そろそろ自分の席を確保しよう、と思ったとき、麻里はまだ沢村のショールを借りたままになっていることに気がついた。

「沢村さん、ショールありがとうございます」

あいにく沢村とテーブルはべつになってしまい、麻里は畳んだショールを渡そうと彼女の方を振り返る。

「そういえば春原さんに預けたままだったわね」

熱心に話しこんでいた沢村は、ショールを受け取るとすぐに会話に戻ってしまった。

麻里はそちらを向いたまま、店の入り口を見つめていた。

スーツ姿の男性が、店に入ってくるところだった。

きつい印象の瞳が、麻里と視線が合うなりやわらかい光を宿した。息が詰まるような感覚がして、麻里はボレロの合わせをぎゅっとにぎりしめる。

まさか、と胸のうちでつぶやく。

ここ最近、時折脳裏をよぎっていた顔。

「木原《きはら》くん……？」

麻里を見つめ、彼が微笑む。

心臓が飛び上がったような鼓動を打っている。

つぶやきは周囲の声にかき消されたはずなのに、それは彼の耳に届いたかのようなタイミングだった。

従業員が彼に声をかける。

「お名前をおうかがいしてもよろしいでしょうか」

「木原勇輝《ゆうき》です」

思い浮かべては苦しい気持ちになっていた相手が、すぐそこにいた。

横顔を食い入るように見つめていた麻里だが、木原がこちらを向こうとするのがわかってとっさに顔を背けていた。

一度目を逸らすと、もうそちらを向くのが怖くてたまらない。

ほんとうに彼なのだろうか、そっくりな同姓同名の人物なのでは？　麻里はじわじわと混乱していく。

「ご歓談中ではありますが、お時間となりました」

井口が現れ、着席をうながすと、麻里の混乱をよそにそこから食事会がはじまった。

食事会とはいえ、ドレスアップした新郎新婦は始終笑顔で、しあわせそうなふたりの姿に集まった面々が惜しみない祝福を贈る。

スクリーンに映し出されたスライドショーの演出もあっさりしていて嫌味でなかったし、供された料理は見た目もうつくしく、またおいしかった。品数も多くて、男性客も満たされたようだった。

よい食事会だったが、麻里はほとんど楽しむことができなかった。

視界のすみに映るテーブルについた木原の姿が気になってしかたがない。

デザートを楽しみながらご歓談を、とのアナウンスがあり、場の空気が一気に砕《くだ》けた。アナウンスと同時に運ばれたいくつもの大皿が厨房には色取り取りのミニサイズのケーキがぎっしり並べられている。

女性陣から歓声が上がり、誰かが「ファーストバイト！」と叫ぶと拍手が起こった。麻里も拍手し、フロアの中央に立つ新郎新婦に目を向ける。

照れ笑いを浮かべたふたりがケーキを選ぶ間に、井口が厨房から大振りのスプーンを持って現れる。

三浦がクリームで飾られたショートケーキをスプーンで、佐恵子の口に運ぶ。口におさまる分量ではなく、佐恵子の口のまわりが真っ白になった。

拍手と笑い声とでフロアが満たされ、麻里の注意もいっとき木原から逸れ、目の前のカップルの姿に釘《くぎ》づけになる。三浦がナプキンで佐恵子の口元をぬぐおうとしたとき、麻里は背後から肩に手を置かれた。

「ひさしぶり」

耳元でささやかれた声に、麻里は息を呑《の》んだ。

驚いたが鳥肌が立つほど——うれしかった。

忘れようのない、ずっと聞きたかった声だった。

そっと振り返ると、後ろに木原が立っている。

我が目を疑う麻里の心臓は、胸から飛び出さんばかりに強く打っていた。

ずっと、会いたかった。

「春原さんとここで会えるなんて、思ってなかったよ」

肩に置かれた彼の手は大きく、とても熱く感じられる。

「わ、私も……木原くんに会えるなんて思いもしなかったから……びっくりして……」

頭のなかが真っ白になっていて、言葉がうまく出てこない。

木原とは大学時代に知り合った。

友人のひとりと交際をしていた彼を、麻里はずっと好きでいたのだ。

麻里は椅子から立ち上がり、彼の横に並ぶ。周囲の招待客たちは、新郎新婦に向かって笑顔を浮かべている。ファーストバイトは続いていて、いまは佐恵子が三浦にチョコレートケーキを食べさせていた。

「三浦と小学校のとき一緒のクラスだったんだ。こっちに帰省すると、かならずっていってもいいくらい飲みに行ってて……それで今日も呼ばれて」

「そうなの？　私、ふたりとおなじ会社にいたの。その会社、いまはもうなくなっちゃったけど……佐恵ちゃんとは、ずっとなかよくしてて」

喧噪《けんそう》のなかだ、どうしても顔を寄せ合ってささやき合うことになる。そうやって話をしているだけで、麻里は顔が熱くなってしまっていた。

ここ最近、彼の顔をよく思い出していた。

思い浮かべていた木原の顔よりも、ずっと精悍《せいかん》さが増している。おとなになっているということなのか、落ち着いた、頼りがいのありそうな顔つきになっていた。

大学時代、麻里は混声合唱サークルに籍を置いていた。サークルでは持ちまわりでチケットを販売しなくてはならず、売れ残れば自分で負担する決まりがあった。

そのため色々なひとに声をかける必要があり、そういった交渉事に強い恭子《きょうこ》という同期生に麻里はついていっていた。

そこでひとつ年上の木原と知り合ったのだ。

一年間海外留学をしていたという彼は同学年に在籍していて、それ以降頻繁に顔を合わせるようになった。

気づいたときに木原は、サークルの発表会に顔を出してくれるようになっていた。発表会に来場した客に素行の悪い一団が混じったことがあった。舞台に上がった麻里達に、彼らはやじを飛ばしたりした。それを制止したのが木原だ。彼ひとりが対処したのではないが、最初も声を上げたのが、ほかならぬ木原だった。サークルのメンバーを守るように立った木原の背中を、麻里は舞台から頼もしく見つめていたのだ。

麻里はそのころから木原が好きだった。だが彼を前にするとガチガチに緊張してしまうため、いつも逃げ腰で接していた。

想いを伝えるどころではなく、そのうちに木原は恭子とつき合いはじめた。

大学を卒業しても、麻里は彼を忘れられないでいた。佐恵子に男性を紹介されてみたものの、どうしても吹っ切ることができなかった。

——いま、どうしてるの？

その問いかけがどうしてもできないでいる。

いまも恭子と一緒にいるのだろうか。もし恭子と別れていたとしても、周囲の女性が放っておかない気がする。

学生時代、恭子と寄り添う彼を見て胸がしめつけられるように苦しかった。そこに割って入る勇気もなく、彼らの話題を耳にするのがいやで、麻里は在学中から友人たちと距離を置きがちになった。そして、卒業を機に学生時代の友人とのつながりは消えていった。

チョコレートで汚れた三浦の口元を佐恵子がぬぐうと、盛大な拍手が起こった。麻里と木原も手を打ち鳴らすと、おたがいの腕と腕がふれ合いそうになる。横に並んだ木原からそっと半歩ていど距離を置こうとすると、すっと木原もついてきた。

「三浦たちのとこ、行こうか」

背中をやんわりと押され、そのまま麻里はふたりの方へ歩き出した。

提げていたポシェットからデジカメを取り出し、新郎新婦を撮影しようと麻里は待ち構える。ふたりの周囲には人垣ができてしまっていた。

新郎新婦を取り囲んだ招待客は、惜しみない祝福を送り続けている。各々が持参したカメラで記念撮影をしているうえ雑談もするとなると、麻里の順番はなかなか巡ってきそうにない。

「俺もデジカメ持ってくればよかったな」

麻里の手元をのぞきこんだ木原が、くちびるをとがらせた。大学時代にも見たことのある表情で、おとなびていた彼の顔つきがぐっとおさなくなる。

「よかったら、木原くんも撮る？　三浦さんとならんでるところ」

「三浦と俺で？　へんな記念写真だなぁ」

「じゃ、三浦夫妻と木原くんで」

「春原さんとは？」

「私は佐恵ちゃんたちを撮るから」

「うん、それとべつに、俺と春原さんで撮らない？」

「ひさしぶりの再会の、記念撮影？」

麻里が笑うと、木原の手がのびてきた。

長い指が麻里の左手を取り、わずかに持ち上げる。

「いま、春原さんひとり？」

「え……？」

「指輪の跡、ないから」

麻里は自分の指を見た。普段から指輪をはめる習慣のない麻里の指は、手首や手の甲とおなじ色だ。

木原が自分の左手の甲を、麻里の目の前に差し出した。

彼の手も麻里とおなじで、なにかがはめられていた跡は残っていない。

「俺とおなじで、ひとりでいる、って期待していい？」

「木原くん」

上擦った声が出る。

会いたかったひとが目の前にいて、彼の言葉に頭がまともに思考してくれない。木原がなにをいっているのか、麻里はよくわからなくなっていた。

「麻里ちゃん、来てくれてありがとう！」

佐恵子の声がして、麻里はそちらに顔を向けた。するりと木原の手が指から離れ、解放されたのにその部分が熱を持ち、疼《うず》いているように思える。

「お、おめでとう！　佐恵ちゃんすっごいきれいだよ！」

「ほんとに？　緊張しちゃって、なにがなんだかわかんなくなってるよぅ」

冗談めかす彼女の目尻に、見る間に涙が浮き上がる。確かに緊張しているようだ。麻里もおどけて抱きつく真似をしてみると、佐恵子がぎゅっと抱きついてくる。

「もう、ほんとは気軽な飲み会にして、友達同士くっつけてやろうって思ってたのに」

「今度愚痴聞くよ、だから今日は愚痴らないの」

「結婚祝いもありがと……今度おいしいご飯つくるから、遊びに来てねぇ」

佐恵子の視線が横に立つ三浦の方を向いた。それを追うと、三浦が困ったように笑っている。

「今日は来てくれてありがとう。こういう食事会でも、十分気軽だと思うんだけどね」

「スペイン料理屋さんって聞いたとき、びっくりしました。ご親戚なんですってね」

「そうなんだよ、どうぞごひいきに。俺も春原さんと木原が知り合いだったなんて、びっくりだよ」

「春原さんとは、同じ大学に通ってたんだ。撮影するよ、カメラ貸して」

麻里が手にしていたデジカメを受け取り、木原は女ふたりで並ぶようしめした。

麻里は佐恵子と並び、写真を撮ってもらう。同性ながら、横に立つ佐恵子は最高にきれいだった。幸福はうつくしい笑顔をつくるのだ、と麻里はしみじみと思った。

「大学時代の知り合いといきなり顔合わせるとか、かなりすごい偶然だよなぁ」

麻里にカメラを返し、木原は同意を求めるようにそういった。

「私もびっくりしました」

受け取ったカメラで、今度は新郎新婦の写真を撮影させてもらう。液晶画面で撮影したものを確認していると、麻里の横に和装の年配女性がふらりとやってきた。

「きれいに撮ってあげてくださいね」

のぞきこんでくるので、麻里は液晶画面を女性にしめした。

「ブレてはいませんが、やっぱり実物の佐恵ちゃんの方がずっときれいですね」

揃って液晶画面をのぞきこんでみると、女性からちょっと強めのアルコールのにおいが漂ってきていた。

「麻里ちゃん、私の伯母さんなの」

「伯母さん？」

「うん、お母さんのお姉さん。おばさん、こちら友達の春原さん」

化粧で隠し切れないくらい、女性は顔を赤くしている。

彼女が佐恵子の母方の伯母なら、今回の食事会を開くきっかけのひとだ。口うるさい厄介そうな親戚、という見た目ではなかった。気の良さそうなひとで、満面の笑みで頭を下げ——足元をふらつかせた。

あわてて手を差し出すと、思いの外《ほか》強い力で麻里の腕をにぎった。

「ああ……ごめんなさいね、ちょっと調子に乗っちゃって」

「お席に戻りませんか？」

「あっちの……赤い花が活けてあるお席なの」

佐恵子に目配せし、麻里は彼女を連れてテーブルに向かう。麻里が場を開けると、すぐ次の招待客が新郎新婦の前に立った。

「……お祝いに来ていただいたのに、ごめんなさいね」

「いいえ、私がずっと佐恵ちゃんを独り占めするわけにはいきませんから」

「さっき出てきた甘いお酒、飲みました？　あんなおいしいお酒、はじめてで。飲みやすくって、調子に乗って飲んでしまって」

席に着くと、佐恵子の伯母は深いため息をついた。姪《めい》の結婚に浮かれて、飲み慣れない酒が過ぎてしまったのだろうか。水をもらえないか、と従業員の姿を探す麻里に、彼女は言葉を続けた。

「さっちゃんのお友達がこんなにお祝いしてくれるんですもの、やっぱりきちんと式を挙げた方がよかったのにねぇ」

視線を戻すと、彼女は赤い顔を左右に揺らめかせて口を開く。

「お金なら伯母さんも出すよ、っていってるのに、さっちゃんたら全然甘えてくれなくて。ちいさいときから色々あの子苦労したから、立派なおとなになりましたって……ちゃんとまわりに見せてあげたらいいのにねぇ」

「おばさま、いまお冷やいただいてきますから」

「ごめんなさい、花嫁の親族がこんな体たらくじゃ、笑われちゃうわね」

木原の姿が見え、次いで飲みものをトレイに乗せた井口の姿が見えた。どうやら木原が声をかけ、飲みものを用意してくれたらしい。

麻里は彼女の前で屈《かが》んだ。

「飲みものが来たみたいです」

「ええ、ありがとう」

運ばれた飲みものはアイスティーだった。芳しい香りが漂い、酔い覚ましの到着にほっとする。

立ち上がろうとした麻里の動きにつられ、グラスから目を逸らしてしまった佐恵子の伯母が、グラスを取り落としてしまったのはそのときだ。

とっさに避けることもできず、麻里は宙で回転するグラスを見守ることになっていた。

細長く背の高いグラスから、氷と琥珀《こはく》色の液体が弧を描いて放たれる。

麻里は声を上げなかった。

あっという間だ。

ピンクのドレスのドレープで、麻里はグラスとその中身だったものを受け止めた。琥珀色の液体が見る間に布地に吸いこまれ、佐恵子の伯母の低いうめき声が耳に残った。

麻里も周囲で状況を見ていた人々も、「あああ……」とため息に似た声を一様に漏らしていた。

狼狽《ろうばい》した頭でどうしよう、と考えはじめるより先に、麻里は後方に腕を引かれている。

「大丈夫か!?」

木原の強張った声に、麻里は我に返った。

まともに全部をかぶったわけではなく、アイスティーだから火傷のような怪我はない。

麻里のドレスにぶつかったことがワンクッションになったグラスは、割れることなく床の上で転がっている。

グラスは無事だが、麻里のピンクのドレスに無惨な染みができていた。

「ご、ごめんなさい、私なんてことを……!」

おろおろする佐恵子の伯母に麻里が言葉を返すより先に、木原がジャケットを脱いで麻里の肩にかけてくれた。

「前、閉じて」

耳元でささやく木原に首を振る。ジャケットを肩から落とそうとすると、木原に抑えこまれた。

「だめ、ジャケットについちゃうから」

「騒ぎにしない方が大事だよ、隠した方がいい」

そういわれてはっとする。

何事かあったのか、とすこし離れた場所にいる招待客の目が、こちらをうかがっている。スクリーンの近く、佐恵子たちのところまでは、こちらでなにがあったかは届いていないようだった。

井口がすかさず床に転がっていたグラスを拾い上げ、従業員もすばやく動いて清掃をはじめた。乾いたタオルを駆けつけた女性従業員が差し出してくれたが、すでに麻里のドレスはたっぷりとアイスティーを吸いこんでしまっている。

タオルを従業員に返し、木原の言葉にしたがってジャケットの前をおさえるようにして閉じた。染みはジャケットで隠し切れない広範囲に及んでいたが、気を取り直した麻里は佐恵子の伯母に笑顔を向けられるよう努力する。

「私なら大丈夫です、おばさまは大丈夫でしたか?」

尋ねながら、麻里は彼女の着物に染みがないことを確認していた。うぐいす色の着物には被害は及んでいないようで、麻里はほっとする。

「ドレス、クリーニングに出した方がいい。急ごう」

おしぼりを差し出す井口に、木原が首を振った。

「せっかくの席です、騒ぎになってけちがついてもなんですから、僕たちはここで失礼します。こちらの方をお願いしても……？」

木原はかわいそうなくらい悄然《しょうぜん》としている佐恵子の伯母を目でしめした。

「それはもちろんです」

「あの、私でしたら大丈夫ですから」

麻里がそういうと、彼女は顔を覆って椅子に崩れるようにすわりこんだ。

「わ、私行きますけど、気になさらないでください」

これは誰のせいでもない。なにより佐恵子の喜ばしい日なのに、水を差すようなことをしたくなかった。

「ごめんなさい。こちらから、ご連絡差し上げてもよろしいですか」

うつむかせていた顔を上げた佐恵子の伯母は、はっきりとした声でいった。

「お気になさらないでください」

「そうです、僕に任せてください。あと、三浦さんたちによろしくお伝えください——さ、行こう」

木原の腕は強引さを感じるほどの力で麻里の背を押した。彼の手で前に押し出された麻里は、肩越しにフロアに視線を走らせる。

佐恵子たちは招待客に囲まれていたが、なにかあったのか、と心配そうな顔をこちらに向けているのが目に入った。

佐恵子と視線が合い、麻里は大丈夫だとうなずいてみせる。

木原の腕に背を包まれながら進んだのは、麻里が来たときとは違う道だった。

人通りがあり、ドレスの染みを隠すようにすこし屈みこんで歩を進める。

会場を離れるにつれ、気持ちが暗く沈んでいくのがわかった。視線を下ろせば、ジャケットとポシェットでは隠し切れない茶色い染みがある。

せっかくのお祝いの場だったのに、とやり場のない思いで胸が苦しくなった。

前ぶれなく足を止めた木原がつぶやき、道路に目をやると空車のランプを灯したタクシーがやって来るところだった。

「タクシーに乗ろうか」

●

タクシーは最寄り駅には向かわなかった。

木原が口にした住所は、繁華街に近い場所のようだった。

「私、途中で降ろしてもらえれば……」

「家のそばのクリーニング屋に特急コースがあるんだ。染み抜きも得意だったはずだから、そこに頼んでみないか」

「でも、そんな迷惑は……」

「迷惑だったら、俺から声をかけたりしないよ。クリーニングしてる間、うちで時間を潰してればいい」

木原に目で制されて麻里は口をつぐんだ。

タクシーは知らない道を進み、徐々に景色がにぎにぎしくなっていった。繁華街を素通りし、ほど近い場所でタクシーは停車する。

そこは大型マンションの前だった。右を見ても左を見ても、大きな建物ばかりが立ち並んでいる。

「春原さんが、はじめてのお客さんなんだよ——ここの六階だ」

「ここ……?」

どれだろう、と考えてしまう。どの建物も、麻里の感覚からすればかなり高級なグレードだ。自分が住む場所として、考えることもないような。

「そう、行こうか」

麻里の背を押し、木原はなかに入るよううながした。

オートロックを開けた木原について、エントランスホールに入る。広さのあるエントランスホールにはソファセットがあったが、人の姿はなかった。

ほかに誰の目もない場所に着いて、麻里は大きな息をついていた。

歩みが遅くなった麻里の手を取り、木原はエレベーターに向かう。しんと冷たいエントランスホールにヒールの音が大きく響いていた。

エレベーターに乗りこむと、三方の壁のひとつが鏡張りになっていた。

「ああ……」

そこに映し出された麻里の姿は無残だった。

声を漏らした麻里のかたわらに立つ木原が、思いやるような目をしている。

鏡越しに彼と目が合い、麻里は思わず腰から下に広がっている染みを手で隠そうとしていた。借りた男物のジャケットは大きく、麻里の上半身をすっぽり隠してくれている。だがそれでもすべての染みは隠し切れていない。佐恵子たちの晴れの日にこんな姿になってしまったことが情けなかった。しかも誰も悪くない、という状況なのだ。麻里は、木原に聞こえないようにため息をついていた。

到着した七階の廊下は長く、人影はなかった。誰もいないことにほっとし、木原の背についていく。

一番奥まったドアを開けた木原は微笑んだ。

「ようこそ」

マンションの外観も立派だったが、室内も真新しくくすんだところがない。通されたダイニングは広く、麻里は目を見開いた。麻里が借りているアパートの部屋が全部おさまりそうな広さだ。

「ちょっと待ってて、いまなにか着替えを」

ほとんど駆け足になった木原が、奥にあるドアに消えていく。

高い天井を見上げ、麻里は肩の力を抜いた。

なにやら木原が歩きまわっている音を聞きながら、借りていたジャケットを脱いだ。ジャケットの裏布に紅茶は移っていないようで安心したが、見下ろした麻里のドレスは茶色のまだらに染まっている。何度見直しても、惨状は変わらない。

近くにあったソファに腰を下ろすと、涙腺がゆるんできた。

――佐恵ちゃんの結婚をお祝いしたかったのに。

途中で退場し、木原も巻きこんでいる。佐恵子の耳にどんなふうに入るのか気になった。佐恵子の伯母も気に病まなければいいが。今日のことをあとから思い出したときに、佐恵子と彼女の伯母が暗い気持ちになりはしないだろうか。

そんな考えがつらつらと頭を通っていく。気づくと涙の粒がひとつ落ちていた。いけない、とあわてて手を当てる。しかし一粒ですむわけがなく、涙は次々とこぼれ落ちてきた。

「春原さん、どうした?」

木原は駆け戻って来た。ちょっと席を外した間に麻里が泣き出していて、木原も驚いただろう——謝らなければ、と思うのに、木原が横に腰を下ろすと涙は勢いを増していった。

「大丈夫か? どこか体調でも」

「さ……佐恵ちゃんの……せっかくの日なのに……っ」

首を振り、説明しようとした。だが麻里の言葉の後半は嗚咽《おえつ》になってしまう。両手で顔を覆うといたたまれない気分でうつむいた。

木原がわずかに動く気配がすると、彼の腕が背中にまわされた。

「春原さんが気にすることなんて、なにもないよ」

彼の胸に頭を押しつけるようにして、麻里は首を振った。

「と、途中で……出て、きちゃって……」

「途中で帰ることになったのも、今度埋め合わせすればいい。俺も退場しちゃってるし、なんだったら一緒にお詫《わ》びも兼ねた結婚祝いでも選ばないか?」

提案に麻里はうなずいた。涙の粒が動きに合わせて飛んだ。

「決まりだな。じゃあ、これ」

木原の腕が離れ、麻里は顔を上げた。

彼が差し出した白い布の塊を受け取って広げると、それは肌触りのよさそうなバスローブだ。

「こっち」

木原に手を取られ、案内されたのは浴室である。

「クリーニングに出してくるから、その間シャワー使って気分転換してなよ」

「そんな、そこまで……」

抗議の言葉もうまく出てこない麻里に、木原は後方をあごでしゃくった。

そちらには洗面台と鏡があり、麻里と木原の姿が映し出されている。

鏡に映った木原の指が目元を指し示す。

麻里は言葉を失っていた。

泣いて顔を覆ったときに崩れてしまったのか、アイメイクが盛大に崩れていた。

「ほら、はやくドレスは染み抜きした方がいいから。そのへんに置いといてくれたら、行って来るよ」

いうなり身をひるがえして、木原はダイニングの方に出て行ってしまった。

「あ……」

鏡に映るメイクの崩れた自分としばし見つめ合ってから、麻里はドレスを脱ぎはじめた。染みだらけのドレスで、メイクもひどい状態になっている。このままでは往来に出ることなどできないと判断して、素直に甘えることにした。佐恵子たちにお詫びをしなければならないが、木原にもなにかお礼をしなければ。

ドレスとスリップをべつに置き、下着はスリップでくるんでカゴの蔭《かげ》に隠した。自宅以外で入浴するなどここ最近なかったことだ。慣れない場所で肌をさらすのは緊張する。浴室に足を踏み入れ戸を閉めるまで、麻里はひどく緊張したままだった。しかし浴室にひとりになってみると、今度はやたらに緊張していた自分がおかしくなる。

マンションも木原の部屋もきれいで、麻里は気後れしていたのだが、浴室に入ってすこしそれがやわらいだ。

浴室も広いことに変わりない。しかし浴室は使われている痕跡があって、生活感に安心できる――あまり木原は掃除が得意ではないのかもしれない。タイルの目地の一部が黒ずんでいた。

浴室にあったメンズ向けの洗顔フォームを借り、二度三度と洗顔するうちに、すっかり気持ちがほぐれていた。

泡を落とした麻里は室内を見まわす。

「……木原くんに甘えちゃったけど、彼女がいたら……」

――木原に恋人がいたら、きっといやな気分にさせてしまう。

事情はどうあれ、恋人の部屋に女性が入りこんでシャワーを使うなんて、楽しい気分になれることではない。

麻里は左の手の甲を見つめる。

麻里の指にも、木原の指にも指輪をはめていた跡はない。

普段から指輪をつけなければ跡はできないが、木原は店でわざわざ口にしていた。

「なんであんなこと……」

なにをいいたかったのだろう。

大学時代、木原に叱られたことを思い出していた。

サークルのチケットの担当分を販売しようと焦っていた麻里は、ひとりの男子学生に声をかけられた。彼は「ちょっとつき合ってくれたらチケットを買う」と麻里の肩に手をまわしてきた。その態度は楽しいものではなかったが、ちょっとだけなら――と了承しかけたところに木原が姿を現し、その場から連れ出された。

彼と木原は同じゼミで、女性に対して強行的なところがあると知らされた。

麻里が他人への警戒心が薄いことを、木原は迂闊《うかつ》だと叱った。

叱られて落ち込んだものの、麻里は彼の言葉がうれしかった。

悪いところを指摘するのは、場合によってはひとから煙たがられる。なのに木原は麻里にきちんと注意してくれる。そのときから麻里の目は木原の姿を追うようになっていった。

シャワーを止め、麻里は浴室の戸を半分開ける。

見ればドレスは消えていて、代わりにバスタオルが置いてあった。

しずくを拭った麻里は、スリップも消えていることに気がついた。カゴをどかしたがどこにも見当たらない。

「えっ……ぜ、全部持って……！」

あわてたものの、いつまでも裸でそうしているわけにもいかない。

バスローブを着てダイニングに向かう。

木原はまだ戻っておらず、麻里は部屋を見まわした。

ダイニングは片づいている、というよりも、ものがなかった。見ればローボードに立てかけるように、フロアモップが置いてある。手に取りかけて、麻里は止めておいた。木原のいないときに、勝手に室内のものをいじるような真似はよくない。

借りていたジャケットの仕立てもよかったし、木原の暮らしぶりはよさそうだった。麻里は自分の指をもう一度見つめる。

整った顔をしていて、気遣いができて、その上高給取りなのだとしたら、それこそ女性が放っておかなそうだ。

ずっと麻里の胸のなかに暮らしている木原は、大学時代の思い出そのものだ。

現実の木原を知れば、それを解放できるかもしれない——そう考えた麻里の耳に、玄関の方から物音が届いた。

「ただいま」

「木原くん、あの」

「シャワー浴び終わった？　なんだったら、お湯溜《た》めればよかったね」

木原がテーブルに提げてきたビニール袋を置くと、荷物を広げはじめた。おいしそうなにおいが漂ってくる。現れたのはピザとサンドイッチで、木原は上機嫌で笑いかけてきた。

「それ、どうしたの」

「なんか腹減っちゃって。春原さん、よかったらつき合ってよ」

そういって木原は、ダイニングに併設されているキッチンを指差した。

「冷蔵庫にビール冷えてるから、取ってもらえる？」

「う、うん」

開けた冷蔵庫のなかは、ビールとソーダでいっぱいになっている。

冷えた飲みものを手にキッチンの中を一瞥《いちべつ》してみたが、どうやら木原は料理をしないらしい。器具も調味料もなく、三角コーナーもなかった。

ちいさな台所と一口コンロでなんとかまかなっている身とすれば、うらやましい環境だ。十分に広さがあり、コンロは三口もある。

ビールを渡すと、木原はうれしそうな顔をした。その表情は麻里の知る大学時代のものと変わらない。

ここ最近頻繁に思い出されていた顔が目の前にある。

ずっと見ていたくなってしまう。

彼を思い起こしては胸が苦しくなり、なのに忘れることもできなかった。胸が苦しいばかりで、ずっとどうしていいかわからなくなっていたのだ。

いま目の前に木原がいても、どうしていいかわからない。

麻里はソーダをもらい、口をつけた。

「春原さんも、ビール飲めばいいのに」

距離を置いている麻里に近づき、木原はビールをあおった。

「ソーダで十分です——木原くん、クリーニングなんですけど」

「あ、三時間でやってくれるって。落とせるようにがんばります、っていってたから、もしかしたら難しいのかも」

ドレスの染み抜きは難しいだろうと正直あきらめている。

「あの……ドレス、以外の……」

口ごもる麻里に、木原はなんともないような顔でうなずく。

「どうせだから、全部出してきた。やっぱ、気になる？」

「な、なります！」

借りているバスローブは木原のものだろう、サイズが大きく、大判のバスタオルにくるまっているだけのような気分になる。木原が近づいた分だけ、麻里は離れてみた。

「ごめんごめん、三時間の辛抱だよ」

ゆったりと笑っていた木原の表情が引き締まった。

「春原さん、いま彼氏いる？」

「彼氏？　い、いえ……」

「ならいいんだけど、もし彼氏さんがいたら、こんなこと怒るかもしれないから」

「木原くんこそ！　彼女さんが知ったら……」

「俺もひとりだし」

言葉が出て来なくなった麻里にまた近寄り、手にしているソーダに木原は自分の缶ビールを軽く当ててきた。

「今日会えてよかった。いまは……？」

「陶器を卸している会社に勤めてて。会社の近くにアパート借りて、そこでひとり暮らししてます。木原くんは……」

大学時代、就職が決まったことは知っていた。ショッピングモールの運営に携わる会社に決まったんだって、と人伝に聞いたことがあったのだ。

「就職したんだけど、実家の手伝いがあってこっちに戻ってきたんだ」

テーブルに広げたピザを木原は指差す。

「このへん、持ち帰りできる店多いんだ。ここのピザ、うまいよ」

「食事会でけっこう食べちゃったから」

「そう？　じゃ、あっち行こうか」

誘われたソファはすわり心地はいいが、バスローブ一枚の麻里には身の置き場のない場所でしかない。背をまるめるようにしてすわるが、木原はなにも気にする様子はなかった。

「こっちに戻ったところで、かなり忙しくって。ずっとひとりなんだよ」

「そうなんですか？」

「春原さんは？」

「佐恵ちゃんに紹介されたひとと、ちょっとつき合ったことはあったんですけど、すぐ」

木原を横目で見ると、真剣な顔をしてのぞきこんでいた。

「別れちゃって……」

「いまは彼氏募集中ってこと？」

「募集は……とくに、は」

言葉を濁すと、木原はソファの上を移動して距離を縮めてきた。

「なんで？　別れた理由とか、すっごい気になるんだけど」

「気にすることないです！　わ、私のことより、木原くんはどうなんですか？　ばたばた忙しくても、彼女さんできないわけないじゃないですか！」

うっかり本音が出てしまった麻里に、木原は缶ビールを一口飲むと笑いかけた。

「できないよ、誰かとつき合うって気持ちがないから。そういうの、恋愛対象探してる女性って感じ取るみたいで」

血の気が引くような感覚がした。

「つき合う気持ち……？」

聞いてはならないことのような気がしたが、麻里はほぼおうむ返しに尋ねていた。

「そうそう。気持ちがないのに一緒にいても、意味がない気が……しないかな」

まさしく自分もそうでした、と心のなかでつぶやいた。

「知り合ってみても、なんていうか……俺がそんな感じだからかな、長く続かないんだ。そのうち、そういうこと自体から遠ざかっちゃって」

胸が重くなる。

なぜ重くなるのか――自分のいない場所で、木原が女性と接していたということを知ったからか。木原の口から「つき合う気がない」と聞いたからか。

気が重くなってどうするの、と麻里は心中で自分に問いかけてしまう。

「も、元カノとかに、まだ気持ちがあったりするとか？」

明るい声を意識したが、失敗したようだった。ひどくかたい質問となり、木原はすこし目をほそめる。

麻里は木原の目を見返した。

木原に対する未練が大きくて、麻里は先に進めなくなっている。彼の恋愛話を聞いたら、気持ちが整理できるかもしれない。ずるずると木原が胸に住み続ける事態から脱することができるかもしれない。いまは胸が重くても、なんとも思わなくなるかもしれない。

「それって、恭子ちゃんのこと？」

ずきりと胸が痛む。

大学構内で見かけていた、彼らの姿を思い起こしてしまう。笑顔の恭子が、彼の腕に自分の腕を絡めていた光景。

「俺、恭子ちゃんとわりとすぐ別れてるよ」

「え？」

木原には嘘《うそ》をついている気配がまったくなかった。

「つき合い出してすぐに、あの子俺の部屋の合い鍵欲しがったり、俺の携帯のなか調べたり……束縛するような行動が多くて。わりとはやく別れちゃってさ」

麻里はそんなことをまったく知らずにいた。

混声合唱サークルも抜けてしまい、交流のあった面々からも遠ざかっていたせいか。

「へんなこと訊《き》いて……ごめんなさい」

木原の表情が暗くなり、麻里は自分の質問を後悔していた。

「いいんだ、いまになって考えてみると、俺が恭子ちゃんにしたのって……ひどいことだったなって思うんだよね」

「ひどい……こと？」

「そ。俺、あのころ好きな子がいて、思いがかなわなそうだったから恭子ちゃんとつき合ったんだ。その子のこと忘れられるかな、なんて」

木原の声は明るい。なのに麻里は、彼の声を聞くうちに胸が苦しくなっていく。

「片思いかなぁ、ってしょんぼりしてたら、恭子ちゃんに告白されて。俺のこと好きっていってくれる子といたら、忘れられるんじゃないか期待してたけど……だめだった」

「そんな……」

佐恵子に紹介されてはじまった交際も、似たようなものだった。

木原は恭子にひどいことをした。

そして自分も。

うつむいてしまった麻里の頭上に、木原からの問いかけが降り注ぐ。

「その子に、ちゃんと想いを伝えた方がよかったと思う？」

頭のなかが真っ白になって、言葉がなにも出てこない。

てっきり木原は恭子と両思いなのだと、一緒にしあわせな時間を過ごしているのだと思っていたのだ。

違っていた。

違っていたことがうれしくて胸が痛んだ。

木原と恭子それぞれがつらい思いをしたのだろうに。

「その好きな子に、ちゃんと告白してたら……変わってたかな」

自分も大学時代に逃げずに動いていたら、もっと変わっていたかもしれない。佐恵子に紹介してもらってつき合っておいて、木原が忘れられずに別れるなんて、そんなひどいことはしないですんだかもしれない。

「春原さん」

呼びかけられて顔を上げようとした麻里を、木原は強い力で無理に引き寄せた。

「木原く……っ」

バスローブの前がはだけそうになって、麻里は高い声を上げた。

「春原さんなんだ」

苦しげな声が聞こえ、麻里は息を飲んだ。

「好きだったのは春原さんなんだよ。ずっと忘れられなかった」

身体が硬直する。

信じられない言葉だった。

「学生のとき、かわいい子だなって思って……。がんばり屋でひたむきだっただろ？　そういうところを知ったら、目が離せなくなって。でも、春原さんにずっと避けられてる気がして、だからあきらめようと……それで恭子ちゃんとつき合ったんだ」

「ちが……避けてなん、か」

——好きだったから、だからこそ。

抱きしめられたまま顔を上げると、木原の整った顔がすぐそばにあった。

「……だれも、きみの身代わりになんてならなかった」

顔が近づいてくる。

間近に迫った木原が目を閉じるので、麻里も自然とそうしていた。

木原のくちびるが麻里のくちびるに重なる。そして木原の舌がそっと麻里のくちびるをなぞった。

「……っぅ……」

ぞわりとした快感が胸から広がって、麻里は短い声を漏らしてしまう。

くちびるが離れると、木原は熱っぽい目で麻里を見つめていた。

「私、避けてなんて」

「うん、いま全然避けようとしなかった」

茶化すようないい方をしながらも、木原は麻里の身体を離そうとしない。

「そうじゃなくて！　学生のとき、避けてたんじゃないの、違うの……！」

ついさっきゆるんだばかりの涙腺は、たやすく涙を溢《あふ》れさせた。

「ごめん、泣かないでくれよ！　いきなりキスしたりして悪かった！」

麻里を腕から解放し、木原は焦ったように謝った。佐恵子の伯母といい、なんだか誰かがあわてる姿を見る日だ。

「ちが、す、好きだったの、ずっと……学生のときも、好きで、だから……木原くんの前だと緊張しちゃって、だから、だから」

木原の指が瞳からこぼれ落ちた涙をすくい取った。

「忘れなきゃって……だから佐恵ちゃんが紹介してくれたひととつき合って、でもだめで……だ、だから」

木原は笑顔になったが、麻里は震えてしまうくちびるをきつく引き結んだ。

「俺たちのどっちかが、もうちょっとでも勇気を出して前に進んでたら……変わってたかもしれないな」

また木原にくちづけられ、麻里はバスローブをギュッとにぎりこむ。

「ん……っ、ぁ」

ついさっきのはじめてのくちづけと違い、木原の厚みのある舌が口腔《こうくう》内で動く力が強くなっていた。

いた。

「……いやか？」

くちづけを止めて木原が尋ねる。間近にある彼の目は、いたずらっぽい強い光を宿していた。

麻里が口を開こうとすると、すかさず木原がくちづけてきた。

蹂躙《じゅうりん》するような舌の愛撫《あいぶ》に、麻里の胸は痛いほど高鳴っている。彼を感じているのはくちびるだけなのに、全身がぴくりぴくりと反応してしまっていた。

背中にまわった木原の手のひらが、ゆっくりと動く。確かに麻里がいまここにいることを確認するように、くりかえし往復している。

「……うっ、あ……」

木原の胸を軽く叩《たた》くと、彼のくちびるから解放された。

「き、木原くん……私」

「いやだなんて、聞く気はないよ」

麻里は身をよじっていた。

バスローブがはだけてしまい、太腿《ふともも》までが露わになっている。身なりを正そうとしている麻里の手首をにぎり、木原は耳に舌を這わせてきた。

「……ぁ、ん……」

「麻里って呼びたい」

歯を押し当てるようにして耳たぶを噛《か》まれ、麻里は身をふるわせた。

「麻里」

「……いやじゃ、ないけど……恥ずかしいから……」

「学生のときの分も取り戻そう」

麻里は自分がなにを迷っているのかわからなくなってしまった。

——彼の胸に飛びこんでしまいたい。

麻里がうなずくと、木原はまぶしいほどの笑顔を浮かべた。


広い寝室の中央にクイーンサイズのベッドが置かれている。木原は麻里からむしり取るようにして脱がせたバスローブをハンガーラックの上に放り投げた。

麻里が肌をさらすと、木原は歯を見せて笑った。どことなく獰猛《どうもう》な印象のある笑顔になった。それを目にした麻里は、これから彼の思うままにされてしまう、と予感して体の奥に疼くものを覚えた。

裸の背中に、なめらかなシーツの感触がくすぐったい。脇にあった毛布を引き寄せてくるまると、木原が口を開いた。

「毛布なんか、すぐにいらなくなるのに」

手早く着衣を解いていく木原の姿を、ベッドに身を横たえて麻里は眺めた。照明を抑えた暗がりに近い明るさのなかでも、木原の身体が鍛え上げられたものだとわかった。

引き締まった身体に下着だけとなった彼は、ひどく欲情している。

一目でわかるその変化が、麻里にはたまらなくいとおしかった。

ベッドにひざをつきかけた彼が、すこし考える素振りを見せたかと思うと、身に着けていた下着を取り払った。

木原の下腹部のそれはかたく反り返っていた。

淫猥《いんわい》なかたちを見せつけられ、今日再会した木原からの言葉が夢などではないと、すべて現実なのだと理解する。

覆い被さってくる木原の胸に、麻里は顔を寄せた。肌と肌が密着しただけで、胸に温かいものが満ちていく。麻里は呼吸を忘れそうになった。

くちびるを重ね、舌を交え、頭のなかが熱くなっていく。激しい木原の舌の動きに、麻里は必死になってこたえた。

「ん……っん……ぅ」

くちづけでこんなにも快感を覚えたことはなかった。爪先《つまさき》に力が入っていく。木原のくちづけは執拗《しつよう》で、くちびるのはじから唾液がこぼれはじめても止めようとしない。

麻里の身体のすべてを写し取るかのように、くちづけながらも木原の指は全身を這いまわった。

乳房をもみしだき、脇腹をなで——下腹部に滑りこんだ木原の指は、ずぶ濡《ぬ》れになった麻里の淫花に攻め入った。

「あ……！」

腰が跳ね上がるような快感が流れた。

麻里の反応に木原のくちびるが離れ、うっすらと微笑んで麻里の顔をのぞきこむ。

「敏感だね」

「うぅん……っ、ぁ……あ……っ」

たたえられた蜜をかき混ぜ、木原は麻里の欲情の深さを愉しんでいるようだった。

「やっあ……ぁ……んっ」

「敏感な上に、すごく素直なんだな。麻里、気持ちよさそうな顔してる」

「そんなこと、いわ——あう……っ」

木原の指が蕾《つぼみ》を探り当てると、かたさを楽しむように指の腹を押しつけていった。

激しい感覚に麻里は首を仰け反らせた。

愛撫のひとつひとつに、腰がぐずぐずになっていく。

ちゅぽ、と卑猥な音が上がるたびに、麻里の羞恥は煽《あお》られた。同時に木原の情欲も燃え上がるのか、うなじや胸元に幾度となく吸いつき、その強さが増していく。

「……ぁ……っ、あっ……ぅ、ん……っ」

指を麻里の深い場所で遊ばせながら、木原は麻里と並んでベッドに横たわった。

荒い息を耳に吹きかけられ、背中がシーツから浮き上がった。強弱の変化はあるものの絶え間ない快感が与えられ、麻里は朦朧《もうろう》として淫楽に流されてしまいそうになっている。

「ん、ぁあ……！」

指の抜き差しに、甘い感覚が走り声がおさえられない。

「こんなに濡らして、うれしいよ」

「わた、しも……っ」

相手が木原だからだ――胸がこんなにもかき乱されるのははじめての経験だった。

「木原く……うれし、の……っ、あう……っ」

「……かわいいな」

指の動きが激しくなり、麻里は背中を浮かせた。

「あ……あっ、う……ぅんっ」

木原の指に嬲《なぶ》られ、麻里が欲情している証しである蜜が粘度の高い音を立てる。それに負けない声が漏れてしまう。身体がこんなにも反応するのははじめてで、すこしだけ怖く感じていた。混乱と羞恥とが、麻里の快感を増しているようだった。

「麻里、もっと感じてくれ。俺だけの前で、好きなだけ感じてくれ」

木原が愛撫しているから、こんなにかき乱されてしまう。そう確信した麻里は、木原が与える快感をこらえるのをやめた。すでに抗いようがないのだ。乳房にくちびるを寄せた木原が、かたく凝りかたまった乳首に吸いつくと舌で嬲りはじめた。

「あ——っあ……あぁ……！」

なにかが唐突に弾けた。

木原の前戯だけで達した身体が、シーツの上で小刻みに揺れる。

達した瞬間は愛撫を止めた木原だったが、すこし笑う気配がしたかと思うと、ゆっくりとまた麻里への愛撫を再開した。

「だ……めぇ……っ」

過敏になった麻里の身体は、木原が接触すると過剰に反応した。度を過ぎた快感は苦しさを呼び、麻里は涙を溜めながらくちびるを噛んだ。

「うん……っん……」

蜜壺《つぼ》と乳房への刺激を麻里に与え、木原は自分の猛りを押しつけてきた。

「声、聞かせてくれ」

「……はずか……ぁん……っ」

呻《うめ》くような麻里の返答に、木原はさらに猛りを押しつける。

「俺の前で恥ずかしがらないでくれ」

ひたすら木原の欲望は熱く、麻里の肌を圧している。圧しながら、ときどき身じろぐように動く。はやく木原でとろけてしまいたくなっていた——麻里のなかの欲望が、一気に強くなっていた。

木原と抱き合うだなんて、夢にも思ったことがなかった。なのに再会して数時間で、彼と肌を合わせてあられもない声を上げている。

木原もそれを求めていて、麻里は幸福感に満たされていた。

身を起こした木原の下腹部で、直立した肉茎が揺れた。硬度をしめす独特の動きを目にしただけで、麻里は身体の奥からじわりと熱いものが広がった。残っているわずかな理性が焼かれてしまいそうな熱さの欲望だった。

「木原く……きゃあっ」

麻里の足を大きく左右に開かせ、木原は早急な動きで腰を密着させた。

「麻里、ずっと欲しかったんだ」

あてがわれたそれを、麻里の欲情が拒むわけがなかった。

「こんなに濡らして……麻里も俺を欲しがってるって思っていいんだよな？」

鈴口がぐっと入り口に押しつけられる感覚に、麻里は大きく喘《あえ》いでいた。

恥も外聞もなく彼が欲しいと思うこの感覚をなんというのか、麻里は知らない。

「あ……あっ……あぅ……んっ」

木原の腰が沈む。

沈んだ分だけ、麻里の内側に木原の欲望が突き立てられていく。

「ぁ、う……」

肌と肌だけでなく、身体の内側もが木原と密着する。

抽挿がはじまり、麻里は木原の背にしがみつきながら、彼の荒々しさを受け入れていた。

ふたりとも、うわごとのようにおたがいの名前を呼び続けている。

「ん……っあ、ぅ……ぁん……あっ」

木原の淫らな動きは熱心だった。麻里の声が高くなる部分を求め、そうとわかると執拗に責める。

木原に抱きしめられ、木原を抱きしめ、麻里は彼が体内をうがつ感覚にうっとりと身を任せた。

2

『木原、婚約してるって聞いてるよ』

その言葉の意味が麻里には理解できなかった。

電話口の三浦は、穏やかな声で話し続けている。

『半年くらい前に本人に確認したときは否定してたけど、婚約の話はいろんなところから聞こえてきてて……なにか理由でもあって、まだ内密にしておきたいのかもしれないけど、ひとの口に戸は立てられないから』

麻里の思考は空回りしていく。

『春原さんたち親しそうだったから、なんていうか……知り合いだったって知らない人間が見たら、いらぬ誤解を招くかもしれないし』

そしてやはり穏やかな声で、三浦は念を押す。

『なにかあったりは、しないよね』

麻里は「ナニモナイヨ」と、ひどく強張った声をなんとか絞り出した。

まだ三浦がなにか話していたような気がしたが、うやむやなまま通話を終えていた。

木原との間なにかがあった、と白状しているような態度だった。そううっすら自覚するものの、それ以上の対応は麻里にはできない。

暗くなったスマートフォンの液晶画面を見つめ、麻里はしばらく動けなかった。

木原のマンションを出たのは、翌日の昼ごろのことだ。

それまで彼の部屋でゆっくり過ごしていた。アイスティーの染みが取れ、きれいになったドレスに袖を通し、駅まで木原に送ってもらったのだ。まっすぐ自分のアパートに戻ってきたが、そのとき麻里の足取りはとても軽かった。

朝、確認したスマートフォンには、佐恵子から何件かメッセージが届いていた。ドレスのことが彼女の耳に入ったらしく、しきりに詫《わ》びていた。麻里は『気にしないで、あとで連絡するね』とだけ返信していたのだった。

新婚旅行に行かないと聞いていたし、帰宅してから麻里は佐恵子に電話をした。

パーティドレスの染みはきれいに取れた、とその報告をし、今度会おうよと気軽な話をするだけのつもりでいたのだ。

しきりに伯母のことを謝った佐恵子が通話を三浦に代わり、そこで麻里は木原が婚約をしていると知らされることとなった。

1DKの部屋、麻里は鴨居《かもい》にハンガーで吊《つる》したドレスに目をやる。

もうどこにも茶色の染みはなく、ふんわりとやわらかいピンク色のドレスに戻っている。

閉め切った部屋はすこし蒸し暑く、スマートフォンを見つめているだけで握った手がじんわりと汗ばんできた。

「……婚約?」

口からこぼれ落ちた声は、強張っている。

——婚約ってなんだっけ、なんだっけ、なんだっけ。

頭のなかをぐるぐると疑問がまわりはじめたが、こたえなんてわかっている。

結婚の約束だ。

その約束を、誰と誰がしているのか。

婚約者のいる男がなぜ——自分を抱いたのだろう。

麻里は顔をしかめていた。

混乱している。

頭がガンガンと鳴っていて、それが自分の脈動のリズムだと気がつくのにそう時間はかからなかった。しかめっ面のまま乱暴に目元をぬぐった。

――結婚前の遊び。

――思い出づくり。

ぞっと鳥肌が立つ。

ついさっきまで一緒にいたのだ。ベッドのなかで足をからめ、ふざけて笑い合って、しあわせな時間を過ごした。まざまざと、彼の体温を思い出すことだってできるほどだ。

指先が真っ白になるほど強くにぎりしめていたスマートフォンが、そのとき鳴り出した。

液晶画面には木原の名前が表示されている。びくり、と肩が動く。どうしたらいいか迷ううちに、着信は留守番電話に切り替わってしまった。

「確かめ……ないと」

遊ばれたかどうか、確認しなければならない。心臓の鼓動がはや過ぎ、気分が悪くなっていた。彼はそんなことをしないと信じたかったが、三浦の言葉は衝撃的だった。

そもそも麻里は、大学生のときの木原しか知らない。

震える指で木原の電話番号を呼び出す。

木原が出るのははやかった。

『麻里？』

明るい声に胸が痛い。

『電話したんだ、いま大丈夫か？　留守電にメッセージは残してたんだけど……』

「……あのね」

低い声で応じた麻里の様子になにか感じたのか、木原は黙った。どう切り出すのがいいのか、麻里もまた黙ってしまい、結局先に口を開いたのは木原だった。

『麻里、どうかしたのか？』

うん、とこたえた麻里は、佐恵子に電話をしたことを伝えた。

「ドレス……クリーニングできれいになったって、話して」

『それで、なにかあったのか』

「……佐恵ちゃんから三浦さんに電話代わって……」

『三浦？　あいつなにかあったのか？』

友人を案ずるような木原の声の響きに、麻里は目を閉じる。もし木原になにか後ろ暗いところがあったら、こんな声で話すのは無理ではないか。

——あれが三浦の勘違いだったらいい。

——いっそ悪い冗談でもよかった。

——そうしたら、笑い飛ばして終わりにできる。

「木原くんが婚約してるって……いってた」

ふっと音が消えた。

木原が黙りこみ、麻里はくちびるがわななく。

——三浦が教えてくれたのは、ほんとうのことだったのだ。

「ね、どうしてなの？」

彼に抱かれてとてもしあわせな気分だった。

好きなひとと一緒に過ごす時間が、あんなにも楽しいものだとは知らなかった。

教えてくれたのは、ほかならぬ木原だ。

「結婚前に、遊びたくなっちゃった？」

『……違う』

「だって、婚約してるんでしょ？」

木原の発した重苦しい声に、そうだと麻里は確信していた。

『あれはまわりが勝手にいってることで……』

麻里は大きく息を吸いこんだ。

自分がなにをいおうとしてるのかわからないくらい、麻里は混乱していた。

「もう連絡しないで」

通話を切り、すぐに木原の電話番号を着信拒否にした。手が震え、操作が終わるなり涙がぼたぼたとこぼれ落ちはじめる。昨日今日とやたらに泣いている。

着信拒否なんて、いたずら電話相手にしか設定したことはない。

それをまさか木原にするなんて。

昨日の今日だ——好きで、ずっと好きでいて、その思いが実ったと思った。

木原も自分を想ってくれていたなんて、夢のようだった。

夢どころか、いまは悪夢になっている。

婚約している男性と一夜を過ごしただなんて、それでこれ以上ないくらいしあわせな心地になっていただなんて。

ベッドまで這《は》っていき、麻里は枕に顔を埋めた。ううう、と低くうめき、涙がこぼれるに任せる。

まだ身体に木原の感触が残っている。

木原の体温を思い出して、麻里は身体が疼《うず》くのを感じる。

麻里は笑い出した。

笑いながら泣く。

長かった片思いが実って、その翌日に粉砕されてしまったのだ。

「……もう一回だけ、キスしとけばよかった……」

数えていられないくらいくちづけを交わしていた。でももっと、と望んでしまう。もっと抱きしめてほしかったし、抱きしめたかった。

もし三浦が教えてくれなかったら、深みにはまっていたかもしれない——ひとりきりの部屋、思う存分声を上げて泣きながら、知りたくなかった、と麻里は思っていた。

●

自分でも驚くくらいミスが続き、ぼんやりすることが多くなっていた。

会社の人たちに迷惑をかけてしまった。

受けた電話を保留にしないで受話器を置いてしまう、送信するファックスをそのままシュレッダーにかけてしまう、頼まれた来客のお茶を淹れ忘れる。

些細《ささい》なミスでも重なれば目立ち、笑い話ではすまされなくなっていく。同僚たちの心配顔を前に、麻里はこのままではいけない、と自分を叱咤した。会社では気分を切り替え、なんとか仕事に集中しようとし——おそらくできているはずだった。

しかしアパートに帰り、ひとりになって一息つくと、木原の顔が浮かんでしまって離れない。木原と肌がふれ合ったときの感触を、頻繁に思い起こして苦しくなった。麻里の体内で木原が果てたときに感じた、彼へのいとおしさをまた求めたくなる。

　要は、木原をあきらめきれないのだ。


「はるちゃん、書類整理するか？」

出社早々に上司の小松《こまつ》が声をかけてきて、麻里はうなずく。

麻里が勤めている瀬尾《せお》陶器は、社員数二十人ほどの会社だ。各窯元と旅館、ホテルを仲介し、食器の卸売りを行っている。

以前勤めていた酒寄屋がなくなり、職探しをしているときに瀬尾陶器の求人を見つけた。関連企業といえなくもなく、面接をしたところ採用になった。これからも陶器に関わる仕事を続けたい、という気持ちが強かった。

「資料として送るやつだ、まあいつも通りな」

会議室の大きな机に、ファイリング用のクリアポケットとたくさんの印刷物が並べられている。

現在、瀬尾陶器では、県内外の百近い窯元の製品を扱っていて、随時新作見本の写真が、電子メールや郵便で送られてくる。それを麻里の部署が窯元毎に分け、新作の見本写真をファイリング用に整理して印刷する。情報が足りなかったり不鮮明なところがあれば、問い合わせをするのだ。

その時期に集まった新作情報をまとめ、切りのいいところで一冊のファイルにまとめる。それを取引のある旅館やホテル、飲食店に郵送するのは、麻里が所属する部署の担当だった。単調でちょっと面倒で、しかし新作がいちはやく見られるとあって麻里の好きな雑務のひとつだ。

なのに、いまはあまり気乗りがしない。

「なんだよ、はるちゃんまだ元気になってないなぁ」

麻里の好きな作業だと知っている小松が、ごま塩頭をちょっとかいた。彼は困ったような顔をしている。自分では平常通りの態度でいるつもりだった。だが、まだどこかおかしかったりするのかもしれない。

「すみません……」

「有休あるだろ、なんだったら休んでもいいんだぞ」

「いえ、そんな」

麻里が首を振ると、小松はおなじく首を振る。

「なにか落ちこむことがあったんだろうけど、プライベートを会社に持ちこむな。前よりはすこしましになってるけど、いっそ休んで頭冷やしてくれ」

小松の言葉に、麻里はぐっと詰まる。

会議室の机に広げられた未整理の資料を一望し、小松は麻里を見る。

「まだこれから追加も来るだろうから、今日じゃ終わらないだろ、これ。はるちゃんに任せるから、来週頭くらいまでにやっておいて。ここを片づけてもまだつらいんだったら、有休取ってください。わかった?」

「……はい、すみません」

会議室の鍵を置いて小松が出て行き、麻里はため息をおさえつつ机を振り返った。

印刷ずみの資料ページがたくさん置かれている。いつも通りなら、ファイリングする書類は平積みにされているほかにもあるはずだった。

あとどのくらい手つかずのデータが残っているのか確認しようと、麻里は会議室の棚にしまわれているノートパソコンを引っ張り出す。ついでにプリンタの電源も入れ、麻里はのそのそと仕事に取りかかる。

ノートパソコンを持つ自分の手を見ただけで、木原のことを思い出した。

麻里の指には、指輪の日焼け跡などない。だが、木原はこれから跡をつけるのだろう。

無性に悲しかった。

木原が婚約していると知ってから、はやくも一週間が経っている。

もうむやみに泣いたりはしないが、身体に力が入らない。

麻里は生まれてはじめて、正真正銘の失恋をした。

ひと晩だけの楽しい夢、と割り切ってしまうには、反動があまりに大きい。しかし、いいかげんこんな状態ではいけない、と麻里はひとり首を振っていた。

ため息を何度もつきながら書類のチェックをしているうちに、それでもすこしずつ作業に没頭しはじめた。

昼のベルが鳴り、麻里は顔を上げた。

会議室の時計は昼を指している。時間を確認してみると、急に空腹感を覚えた。

つくる気力がわかず、ここ最近お弁当を持ってきていない。洗濯をする気力もわかない。最低限の家事しかしていなかった麻里の部屋は、一週間でひどい有り様になっていた。

今日の昼食はどうしようか、と腰を上げたところで、会議室のドアがノックされた。

麻里が返事をするより先にドアが開き、営業の武田《たけだ》が顔をのぞかせる。

「どうですか?」

「まだ先は長そうです」

「お昼決まってなければ、ちょっとおつき合いいただきたいんですが」

武田は目尻を下げ、ひとなつっこい顔をした。

「じゃあ、お財布取ってきますから……」

「あ、おごりますよ。僕につき合ってもらうわけですし」

武田は胸を張り、叩《たた》いて見せる。

「……お言葉に甘えちゃおうかな」

「決まりですね」

「今日はどこなんですか？」

会議室の鍵を閉めながら尋ねると、

「先の交差点のところの天ぷら屋、わかりますか」

「ええ、ちょっと……お値段、高めのお店ですよね」

昼食で出払ったのか、社内にひとの姿はなかった。弁当を持参した社員は、一階の奥にある休憩室を使う。

「あそこ、アイスの天ぷら、はじめたらしいんですよ」

「アイス？　天ぷらなのに？」

武田はうんうんと軽快に首を上下させる。

「ランチタイムだけ、アイスの天ぷらつけてくれるそうなんです」

どんなものか麻里は想像しようとするが、いまいち思い浮かばない。

武田は三十代に入ったばかりの営業社員で、ときどき麻里を食事に誘ってくれる。武田は甘味好きで、女性が一緒だと頼みやすいから、というのだ。甘いものを食べるのにつき合ってもらうのだから、とおごってくれようとするが、回数が重なってくると甘えづらい。そのため最近は食事に誘われても、できるだけ断るようにしていた。

おごってもらって気が引ける、という理由以外に、社内の女性社員のなかで武田の人気が高い、ということがあった。

聞き上手だの、笑顔がかわいいだの、女性だけになるとみな遠慮なく、そんなところまでよく見ているものだ、と驚くようなこまかい評価を武田に下す。

麻里にそういった意見が届けられるのも、牽制《けんせい》の一種なのかもしれない。武田に同僚以上の気持ちのない麻里は、右から左に聞き流していた。武田に気がある女性にしたら、麻里の存在はいやなものかもしれない。

そもそも自分に好意的な女性を誘った方が武田も楽しいだろう、と以前麻里は切り出したことがあった。

武田の返答は「ご機嫌取りをしたいんじゃなくて、おいしそうに食べるひとと食べに行きたいんです」というものだった。

ご機嫌取り、という言葉が武田から出て麻里は驚いた。始終ニコニコしている武田から、そんな言葉が出るとは思いも寄らなかったのだ。だがおいしそうに食べる、といわれたのはうれしかった。

瀬尾陶器は大通りから一本入った、裏通りに面した場所に建っている。

表通りに出ると、麻里たちとおなじく昼食目当ての会社員たちでにぎわっていた。

明るい日差しの下に出てみると、とても気分がいい――せっかく忘れていたのに、麻里はまた木原を思い出していた。彼と明るい場所に出かけたことはない。どこかに行ってみたかった、とじくじくと胸が痛んだ。

「やっぱり人気がありますね」

武田が指差したのは、交差点の先の店だった。遠目にもその天ぷら屋の前には、長い待機列ができ上がっていた。

麻里が足を止めかけると、

「じつは席の予約、してあるんです」

見上げた武田は満面の笑みだった。

「え、どうして」

「さっき電話してみたら、おふたりならまだ予約できます、って。ほら、最近春原さん、元気なかったでしょ。だからおいしいもの食べたら元気でるかなーって思って。朝に荷物すくなかったから、お弁当じゃなさそうだったし」

よく見ているものだ、と感心する。

「そんな気を遣わないで」

「まあ、そのおいしいものは僕が決めちゃうんですけどね。ほら、行きましょう」

のれんをくぐって、予約がある旨を告げると奥に通された。

予約席、という札がいくつかのテーブルに置かれていて、そのうちのひとつに腰を落ち着ける。

老舗から暖簾《のれん》分けされたというふれこみで、おいしいという評判をよく耳にする。明るい店内は、竹や飴《あめ》色の柱などを使った和風の内装で統一されている。居心地のよい店だと素直に思えた。

席に着いてすぐ、メニューを差し出された。毛筆で書かれたランチの値段を確認して、麻里は武田の顔をうかがう。どれも気軽におごってもらうような値段ではない。

「たまにはいいお昼食べて、元気になりましょう」

木原のことがあってから、麻里は昼食をずっと簡単なものですませていた。カップスープやコンビニのおにぎり。至極簡素なものだったが、それもなかなかのどを通ってくれなかった。おかげですこしほっそりしたが、決して健康的ではない、とわかっている。

メニューと武田の顔を交互に見る麻里に、武田は笑顔でいう。

「値段は気にしないでください。その代わり、天ぷらアイスの味を抹茶にしてもらっていいですか？　僕きなこにするんで、半分こしてください」

この提案に麻里はもう一度メニューの見る。

「……両方、全部食べていいですよ」

「あ、僕は糖尿の家系なんで、あんまり甘いの食べ過ぎると」

「それならデザート自体、もっと控えた方がいいんじゃないですか？」

「だから、春原さんと一緒のときしか食べてないですよ」

注文をすませると、武田はお茶をすすった。

「率直に訊《き》きますけど、なんかあったんですか？」

訊かれるだろうな、と予感していたが、いざ尋ねられて麻里は苦い笑みを浮かべる。

木原のことを話すつもりはなく、短い時間麻里は答えに迷った。

「……友達の結婚式で、ちょっと」

「ちょっと？」

「友達の親戚と、ちょっと」

「やばいことなんですか？」

ううん、と麻里はうなる。

「なんかやらかしたんですか？」

「やらかしたというか、巻きこまれたというか……せっかくの友達の結婚式に、水差したりするのって、ちょっと……いやじゃないですか」

「ちょっとどころじゃないイヤさですよね」

素直に武田にうなずかれ、麻里は笑った。

そこに料理が運ばれてきた。会話が中断する。

メインの天ぷらと、それを引き立てるようにさっぱりした塩味の小鉢がふたつ、箸休めに鮮やかな色味のにんじんのきんぴらとひじきの煮つけが添えられている。一口サイズのたわらおにぎりが四つあり、なかなかボリュームがあるな、と思った麻里に反し、武田は「ご飯のおかわりしたら、さすがに食べ過ぎかなぁ」とひとりごとをつぶやいていた。

一週間ぶりのまともな食事といえた。さくさくと歯触りのいい天ぷらを口に運ぶうちに、肩のあたりにあった強張りが軽くなった気がする。今日は金曜日だった。週末に気分転換に出かけてみようか。ひさしぶりの出来立ての食事に、明るい気分になってきた。

萎《な》えていた食欲が戻り、運ばれたときには食べきれないかも、と思った料理をきれいに平らげることができた。

ふと、失恋するとどか食いをする、という子もいたな――そんなことを考え、気をつけなければ、と麻里は自戒した。

麻里の行動範囲にある店では、和食を注文すると無骨な食器で料理が出てくることが多かった。ここではつるりとした、とてもかわいらしい色合いの食器を使っている。お盆の上がおなじシリーズの食器で統一されていると、眺めているだけで楽しかった。

食器が下げられ、デザートをお持ちします、という店員の声に武田は相好を崩し、

「それで、そのお友だちと、揉《も》めごとになりそうなんですか？」

「たぶん……大丈夫です」

木原の婚約者と揉めごとになるところを想像してしまった。麻里は気を取り直すようにすっかり冷めたお茶を口に運んだ。

「ものすごくへこんでたじゃないですか、大変なことでも起きたのかと思いましたよ」

「ご迷惑をおかけしました……」

「迷惑じゃなくて、心配です。あ、デザートきたんじゃないかな」

武田がお目当ての登場に声をはずませた。

その武田が目を輝かせて顔を向けた方に麻里も視線を向け、手にしていた湯飲みを危うく取り落としそうになる。

店員の背後に木原がいた。

木原には連れが居て、ロングヘアの意志の強そうな女性だった。身のこなしが優雅で、ふたりが並ぶと似合いのカップルに見える。ひと目で麻里は胸が苦しくなってしまった。

「お待たせいたしました」

麻里たちのテーブルにデザートを運んだ店員の背後、テーブルふたつ向こうの予約席まで木原たちは案内されている。

素知らぬ顔をしたかったが、すでに麻里は木原としっかり目が合ってしまっていた。

「わあ、春原さん、ほんとうにアイスなのに天ぷらになってますよ」

天ぷらの衣でアイスを包み、油で揚げてあった。さくりと衣を割ると、温かい湯気と一緒に冷たいアイスが出てくる。さっそくデザートを口に運んでいる武田の方を向きながら、麻里は目のはしで、木原がこちらに足を進めている姿を確認していた。

「麻里――さん」

すぐそばで木原の声がして、麻里は動きを止めた。

何かいわなければと思い、麻里は二度ばかり口を開きかけたが、また閉じる。

「食事中にすみません、麻里さん、こちらは会社の？」

麻里と武田は社員証を提げたまま食事をしていた。木原はそれを注視している。

「あ、はい、ええと……春原さんの……？」

武田は口にしていたデザートをあわてて飲みこむ。

「武田さん、あの、こちら大学のときの知り合いで」

「木原と申します」

「自分は春原さんとおなじ瀬尾陶器で営業をしております、武田と申します」

腰を上げ、ポケットから名刺入れを取り出そうとする武田を麻里は止める。

「食事中ですし、そういうのは」

「ああ……食事をなさっているときに、申しわけありません。麻里さんをお見かけしたので、つい」

清々しい表情で笑う木原に、麻里は複雑な気分になる。まるで婚約者の存在も、麻里との不義も、彼の番号を着信拒否にしたこともなかったような態度だ。

——そうだったら、よかったのに。

失恋した、と打ちのめされていたのに、そんなことを思う。ため息をつく代わりに目を逸らすと、木原の連れの女性が怪訝《けげん》そうにこちらを見ていることに気がついた。

麻里が会釈をすると、流れるような所作で会釈を返してくる。

「木原さん、お連れの方もいらっしゃいますし」

「そうだね」

木原は素直にうなずいた。

「……そうだね、またゆっくり話そう」

そして麻里の耳元にくちびるを寄せた。

「会社を訪ねることはしたくない。着信拒否は解除しておいて」

うう、と麻里がうめくと、木原はちいさく笑った。

「失礼しました、それでは」

武田に声をかけ、立ち去り際に木原は麻里の背中にふれる。

彼がふれた部分が疼いた。

疼きは彼との快楽の記憶を呼び覚まし、麻里は苦い気分で木原の席を振り返った。

席には木原と連れの女性以外に、スーツ姿の男性がふたり増えている。

仕事絡みのひとたちか——麻里はほっとしていた。

ほっとした自分に苛立ちを感じたが、

「春原さん、ほら溶けちゃいますよ」

武田の声に、手元の器を見る。

湯気を立てていた衣はすでに冷めてしまったが、それはそれでデザートとしておいしい――はずなのに、背後の木原が気になって、のんびり味わっていられない。

「ごちそうさまです、出ましょうか」

「おいしかったぁ。つき合ってくれてありがとうございます」

店を出るには木原の席の横を通らなければならず、会釈をして早足で歩いた。

通り過ぎてから肩越しに見ると、木原は目をほそめて微笑んでいる。

麻里は息苦しくなった。

婚約者がいるのなら、彼に遊ばれたことになる。

なのに、嫌いになれていない。

ショックは受けたが、まだ麻里は木原のことが好きでたまらない。

会計の金額を聞くと、さすがに払わなくていいのか、と戸惑ってしまう。急な誘いだったが、おいしかったのは確かだ。自分の分は自分で――と思ったが、ポケットに会議室の鍵しか持っていない麻里は、ありがたく武田のごちそうになるしかなかった。

「おいしかったけど、天ぷらアイスだけやってくれないのは残念だなぁ」

店を出て、開口一番武田がこぼした。

「アイスだけ、いろんな種類食べ比べしたくないですか？」

「胸焼けしそう……」

「さっきの木原さんって、木原観光の木原さん？」

「え？」

驚いて武田を見る。彼は麻里の驚きに気がつかないのか、そのまま言葉を続けた。

「見たことある顔見だなーって思ってたんですけど、木原観光さんの息子さんでしょ」

「そ、そうなんですか？」

武田が意外そうな顔をする。

「友達なんですよね、知らなかったんですか」

「家の話って、ぜんぜん……」

木原観光といえば、地元に古くからある大企業として知られている会社だった――麻里でさえ、名前を知っているような。一度は会社がかたむいたと聞いたが、持ち直したのか、現在は市内に大型の宿泊施設を建設し、運営まで手がけているはずである。

「一緒に食べに来てた、きれいな女のひといたじゃないですか」

「あ、きれいなひとでしたねぇ」

男女間でうつくしさの基準がずれる、という説を聞いたことがあったが、あのひとは満場一致でうつくしいと評されるのではないか、と思える。

「あのひとって、中の橋総合病院の娘さんでしょ？　前田家だっけ。木原観光の息子さんと婚約してるって噂《うわさ》、ほんとですかねぇ」

「……そう、なんですか？」

麻里が慎重な声を出したことに気がつかないのか、武田はのんびりとした様子で会社の方向に足を向けている。

「美男美女カップルってすごいですよね、しかもお金持ち同士って」

「ぜんぜん……知らなかった」

「春原さん、年寄り連中とあんまり関わらないでしょ？　両方とも名家っちゃあ名家だから、ジジババといるとよく話に出てますよ……って、春原さんの大学の友達でしたっけ。友達の話となると、まあ本人に結びつかなくてびっくりするかもしれないですねぇ」

武田があちらこちらの営業先で、年配の職人にかわいがられている、という話はよく耳にしていた。年配者と親しくなる秘訣《ひけつ》をべつの営業が尋ねたとき、武田は「ゆっくり話を聞くだけです」とこたえたらしい。そしてその通りなのだろう。

――あのひとと、木原は夫婦になるのか。

歩きながら手の甲を見てみる。

木原と女性――前田は、いずれ揃《そろ》いの指輪をはめ、揃いの日焼け跡を持つようになる。

そう考えただけで、身体の力が抜けそうな心地になった。

だが、もう、涙はこみ上げてこない。

武田と社に戻ったとき、まだ昼休みは残っていた。麻里はまっすぐに会議室に向かい、資料キャビネットに頭を突っこんだ。

目当てのものはすぐ見つかった。

あるていど大きな企業となると、社史を発行している。そのキャビネットには、地元の会社関連の書籍がまとめてあり、そのなかに木原観光のものがあった。

ぱらぱらとめくり、木原観光の歴史に目を通す。

木原本家は先代まで、老舗と位置づけられる旅館を経営していた。しかし旅館は二十年ほど前に倒産してしまう。それでも分家が三十年ほど前に起業した木原観光は現在に至るまで軌道に乗っていた。そういえば大学時代に木原から、自分は分家の出だと聞いたことがあったかもしれない。

紐解《ひも》いている社史には記載がないが、旅館跡地を県外のベンチャー企業に売却したことを麻里でさえ耳にしている。そのせいで一度周囲の目が厳しくなった時期があり、裏切りもの、と批難する声まで上がっていたらしい——おなじ土地に古くから根差し、発展していくのは難しい。

木原家の経営する旅館が地元の顔となり、一定の雇用を保障していられた間は信用があったようだ。だがそれまで支えていた分だけ、地元民たちは倒産後の木原家の対応を苛烈に非難した。倒産はまだしも、昔から所有していた土地を県外のよくわからない企業に売却してしまった。そこが一部のものには受け入れがたい行動だったようだ。

麻里は手にしていた社史をキャビネットに戻した。

木原家から土地を買い取ったベンチャー企業は、そこにやはりホテルを建設しようとしたという。だが計画途中で経営者も方針も変わったようで、頓挫していた。

そこをさらに木原観光が買い戻したのが、ここ数年の話だった。

木原観光は現在あらたにホテルを建設しており、完成のあかつきには大量の雇用が見こめるらしい。そんな噂を麻里も小耳に挟んでいる。

なのに、それを彼と結びつけて考えてはいなかった。

名家の出身だったのか、と木原のマンションをまぶたに思い浮かべる。いかにも高級そうなマンションで暮らしていたが、彼の感覚では普通なのかもしれない。

麻里は一度荷物を取りに自分のデスクに戻り、会議室に取って返した。

胸の奥に、わだかまるものを感じている。

ひとり落ちこんでいたことが、ひどく馬鹿馬鹿しくなっていた。そして木原になにか文句をいってやりたくなっている。

だが木原の番号の着信拒否を解除すると、今度はどうしたらいいかわからなくなった。

自分から電話をかけるのもいやで、じっと待っているのもいやだ。

悶々《もんもん》とするうちに時間が過ぎ、昼休みが終わるチャイムが鳴り、すると木原から電話がかかってきた。

麻里はすかさず通話ボタンを押していた。

「……会社なんです、休憩時間が終わったから手短にしてもらえますか」

すげない言葉遣いになってしまった。ごめん、と短い木原の声がする。彼の声を聞くことができて鼻の奥が熱くなるくらい嬉《うれ》しかった。

『今夜、空いてる?』

木原の落ち着いた声を耳にすると、胸に温かいものが満ちる。もっと聞きたかった。

『メールに地図を添付するよ。七時でいい?』

「……わかりました」

ふっと笑う気配がして、木原との通話が切れた。

彼からのメールはじきに届いた。

地図を確認すると、麻里が何度も足を運んだことのある繁華街の大きなショッピングモールのあたりだった。おかげであるていど場所は把握できている。指定された店は知らなかったが、初見でもたどり着けそうだ。

今朝まではもう木原に会うつもりなどなかったのに。

午後は、ちらちらと壁の時計を気にしながらノートパソコンに向かっていた。

印刷してページ毎に重ね、またべつのファイルを呼び出しては印刷してページを重ね——そうしているうちに、また新しい見本が届いている。

随時届く見本画像をどこで区切るかのさじ加減は、この作業をするものが決めていい、という暗黙のルールがあった。

最新で届いた資料は、とある窯元がシリーズで製作しているもののようだった。麻里としては、ひとつのシリーズはすべてひとつのファイルに綴《と》じたい。ファイルは旅館やホテルなどに送付され、そちらでカタログとして参照される。どうせならまとまりのあるものの方がいい。

窯元に電話をかけ、どのくらいの種類があるのか確認するか迷っていると、会議室に小松がやって来た。

「どうだ?」

「小松さん、今日はすみませんが定時退社します。ファイルまとめるの、来週の頭までかかってもいいんですよね?」

尋ねた麻里は、午前とは違いてきぱきとした口調になっているのが自覚できるほどだ。

呆気《あっけ》に取られたような顔を麻里に向けてから、小松はあごを引いた。

「かまわんよ、いつも通りで。まあ……なんだ、はるちゃん有休いらなそうだな」

「そうですか？」

まともに仕事をしているように見えるからなのか、小松はにこりと笑って会議室を出て行く。

麻里はちらちらと時計を確認しながら、結局窯元に電話ではなくメールで連絡を入れた。週明けに返事がなかったら、そのときは電話をしてみよう。

五時半、定時を知らせるチャイムが鳴る。

麻里は即座にパソコンの電源を落とし、挨拶もそこそこに会社から駆け出していった。

●

ひさしぶりに足を運んだ繁華街は、様変わりしていた。

いくつもアクセサリーの露店の出ていた一角には、焼き菓子を売る移動販売車がおり、高校生たちが列をつくっている。喫煙所がなくなり、花壇とベンチに変わっていた。

一刻も早く行かなければと気持ちが急《せ》いていたのだが、気づいてみれば待ち合わせ時間まで一時間ほどあり、麻里はあたりを散策してみた。

衣類を扱うショップでは、冬物の服が並びはじめている。会社が私服のため、通勤着が必要だった。秋物の価格が下がっていないかチェックすることにして、好みのブランドを目指してゆっくりと歩を進めた。

途中の信号でスマートフォンを手にした。待ち合わせ場所の地図を確認する。

もし、と麻里は木原の顔を思い浮かべる。

もし恋人や婚約者だったりしたら、ここできっと麻里は木原に連絡を入れる。向かっているよ、はやく着いたよ、買いものしてるよ。他愛のないことでも、きっと連絡する。木原からも、そんな連絡が入るかもしれない。

でも、と麻里は青になった信号を渡る。

でも木原には麻里ではない婚約者がいる。そのひととは他愛ない連絡を交わし合っているかもしれない。平日の昼食に同席している状況とはなんだろう。ほかにも同席者がいた。それは知人のうちでは隠し立てすることではなくなっている、ということなのだろうか。

待ち合わせ場所とは逆方向になるが、麻里は信号を渡った。考えているうちにすっかり秋物をチェックしに行く気力が萎えてしまっていた。

渡り切った場所にオープンカフェがあり、ふらふらとそこに入る。テラス席に通され、メニューも見ずに麻里はコーヒーを頼んだ。涼しい風をほおに受け、往来を行き来するひとと車を見渡す。

向かいのビルの中程に、電子時計が掲示されていた。六時半になるところで、急に面倒になってきた。すっぽかしたら木原は怒るだろうか。遊ばれた麻里は、その何倍くらいだったら怒っていいのだろう。

麻里は自分が怒りたいわけではないのだと知っている。どうしたらいいのかわからず、困っているのだ。

麻里は運ばれたコーヒーを一口だけ飲み、通りに木原を見つけてカップを置いた。しきりに時計を気にし、木原は早足に横断歩道を渡っていく。

麻里は腰を上げた。

木原はまっすぐ前を見、さも急いでいる様子だった。

彼と会ったら、いまの状況について説明される。

惨めなことになるかもしれないし、激昂《げっこう》するかもしれない。会うのは最後になるのかもしれなかったが、木原は麻里と会おうとしている――それをうれしく感じるのは事実だ。

会計をすませ、麻里は木原のあとを追うようにして歩きはじめた。

抑えた照明の、個室を中心とした店だった。

待ち合わせ時間にはすこしはやいものの、木原もすでに到着しているのはわかっている。店員に席まで案内されながら、客でにぎわっている店内を進んだ。

どの席も障子で区切られていて、客が入っている部屋は入り口の障子が閉められている。昼の天ぷら屋とおなじく、こちらも和をコンセプトにした内装だ。

廊下にはおぼろに光るライトが点々と灯されていて、足運びで影ができた。水底を歩いたら、こんな感じになるのだろうか、と考えた。

後ろを通り過ぎるとき、注文を取る店員の肩越しにせまいテーブル席の個室のなかが見えた。薄暗く、せまく、親密な相手とだけ入りたい店だ。広い席もあるのだろうが、木原が先に着席していたテーブルもやはりせまかった。

辞そうとする店員に、木原はなにやら注文していた。

ふたりになるなり、木原はほおをゆるめる。

「ここ、うまい日本酒が飲めるんだ」

「そうなんだ」

「麻里も」

「ううん、いい」

名前を呼ばれ、顔が熱くなる。うれしいのか憤りなのか、自分でも判断がつけにくい。

「明日は会社休みだろ？」

「……私は、いい」

麻里はメニューを見るふりをし、うつむいて木原から目を逸らす。

個室に入ったとたんに、木原が麻里に向かって浮かべた笑顔。

麻里はそれに負けてしまっていた。

会えたことがうれしくて、現状が悲しくて、彼が好きで、遊び相手だなんて惨めで、彼と離れたくなくて——自分でもわけがわからない。

木原が先ほど注文した日本酒が運ばれてきた。入ってきた店員に木原はいくつか料理を頼んでいた。

また個室にふたりきりになると、木原は麻里の前におちょこを差し出した。

「遠慮させてください」

「……麻里」

たしなめるような声音で麻里の名を呼んだ木原は、手を引っこめなかった。

おちょこを脇に避けようとした麻里の指に、木原の指がからみついた。とっさに麻里はにぎり返してしまいそうになる。

「失礼いたします」

店員の声が障子の向こうからかかって、木原の指が離れる。離れてしまう、と追いかけたくなる気持ちをやり過ごそうと、麻里は現れた店員の方を向いた。刺身やお新香などの小鉢をいくつかテーブルに並べ、店員はすぐに出て行ってしまう。

木原とふたりになって、麻里はおそるおそる彼の顔を見た。

うっすらと微笑んだ木原は、口を開く。

「会いたかった」

くちびるがわなないて、麻里は自分が泣いてしまうのではないかと思った。だが涙はこぼれず、麻里は眉をしかめテーブルの下でぎゅっとこぶしをにぎった。

「……私、遊び相手になるつもりは、ありません。婚約してる方と、一緒になんていられません」

きちんと言葉が出てきた。

「俺は麻里が好きだよ」

空になった自分のおちょこに酒を注ぎ、木原は一口で飲み干した。

「麻里以外はいらない」

「私はもう」

「俺のことが好きだから、寝たんだろう？」

晴れやかでさえある笑顔に、麻里はひっぱたかれたような気持ちになっていた。

「どうして？　どうしてそんなこと……！」

「婚約なんかしてない」

麻里の肩が大きくふるえた。

三浦や武田が話していた内容が頭をよぎる。

「だけ、ど」

「前田さんだろ？　そういう話が出まわってるけど、前田さんと婚約なんかしてないよ」

口をつぐむしかなかった。食い入るように木原を見つめる。

「前に訊かれたとき、三浦には婚約してないっていったんだけど……こんな誤解で麻里と離れるのなんて、冗談じゃない。俺はもう、昔みたいな後悔をするつもりはないんだ」

「三浦さんだけじゃなくて……か、会社のひとも」

「結納もなにも交わしてないよ。なんだよ――俺のこと、婚約者がいるのに麻里をもてあそぶような人間だとでも思ったのか？」

声はどこか悲しげだったが、木原はにやにやとひとの悪い顔をしている。

「だって、だ……って」

涙がこみ上げた。のびてきた木原の手が、麻里が落涙するより先に目元をぬぐう。

「婚約してるなんて聞かされたら、怒るのも無理はないよ。だけど、ろくに話を聞いてももらえなかった俺はどうしたらいいと思う？　着信拒否されたと思ったら、飯食いに行った先でほかの男と楽しそうに笑ってるの見つけて」

「武田さんは会社の……」

「同僚なんだろう？　あいつと笑ってるところ見て、こらえるのが大変だったんだぞ。俺の……女なのに」

なにをこらえたのか――嫉妬だ。

麻里は木原の手にほおを包まれながら悟る。

「私は？　木原くんが婚約してるって、あっちこっちからいわれて……わ、私はどうしたらよかったの？」

責める色合いの強い声が出たが、木原は気を悪くした様子はない。

「俺の話をちゃんと聞いてくれたらよかったんだ。そうしたら、俺も麻里も、どっちも悪くないってわかったのに」

「悪くないのは……うん、そうだけど……」

口を尖《とが》らせた木原は、酒を飲み干す。とっくりをかたむけたが、すでに空になっていた。

それを見ていた麻里は、手元のおちょこを木原の方に押し出した。

「飲まないのか？　うまいよ」

「……飲んで」

「いらないのか？」

「……これあげるから、手打ちにしてもらえませんか」

平静を心がけた麻里の言葉に、間を置いて木原は笑い出した。

笑いの合間に麻里が差し出したおちょこの酒を飲み、木原は腰を上げる。

「出よう」

「え？」

料理には手がつけられていない。目を瞬かせる麻里に、木原は提案を切り出した。

「俺も手打ちの条件出すよ」

「あらたまって、なに……？」

「俺の部屋のシーツ、替えに来てくれ」

近づいた木原は、手をつかんで麻里を立ち上がらせる。

「麻里が帰ってから替えてないんだ」

「ずっとおなじの使ってるの？」

驚いてちょっと大きな声が出てしまう。さんざんふたりして裸で転げまわったベッドだ。シーツにふたり分のふしだらな余韻も含まれているはずだった。それを思って麻里は顔を熱くする。

「な、なんでそんな……仕事忙しい？　掃除たいへん？」

「なにいってるんだよ、シーツ替えるわけないだろ。麻里と過ごした場所なのに」

「ええ……っ」

「シーツ替えたら、また一緒に過ごそう」

木原は麻里の手を引き、個室の障子を開け放った。


部屋の鍵を開ける木原の横顔に、麻里は思わずつぶやいていた。

「……木原くん、こういうひとだったっけ」

「こういうって？」

「なんか……強気、っていうの？　強引に我を通すような」

大学のときの木原はどうだっただろう。穏やかで、よく話を聞いてくれた。そうしているときの、麻里を目をのぞきこみ楽しそうに笑っている顔が大好きだった。

「それがわかるほど一緒にいなかっただろ？　でも、これから知ればいい」

ドアを開き、玄関の明かりをつけた木原は腕を広げると、麻里に微笑んだ。

「俺も、もっと麻里を知りたい」

「信じて、いいんだよね？」

彼の胸に飛び込みたい。

あそこは自分だけがくつろぐところだ。肌を合わせたときの心地よさを、麻里の身体は覚えている。身体の深部でずくりと疼く感覚があって、麻里を後押しする。

「怖いの。ずっと好きだったひとと、一緒にいられるようになるなんて……思ってなかったもの」

「俺だってそうだ、なのに他人のいうことに流されて終わるなんて、絶対にいやだ」

一瞬木原が傷ついた目をして、うつむきそうになった。だがうつむいてはいけない、とわかっていた。彼にそんな目をさせたのは自分だ。三浦の言葉をきちんと本人に確認しなかったのだから。

顔を上げ、麻里は木原を見つめた。

「ごめんなさい」

「……俺が聞きたいのは、違う言葉だよ」

深く考える間でもなく、言葉は出てきた。

「ずっと……木原くんのこと、好きだったの。いまも……好き」

遊ばれていたのでは、と不安を抱いていたときも、彼を憎めなかった。

うなずいた木原に、麻里は思い切って身体を投げ出す。

麻里を抱き止めた木原は、すぐさまくちびるを重ねてきた。

「う……ん、ん……っ」

背後でドアが閉じ、空間が切り取られた。

もうここにはふたりしかいない。

木原の首に腕をまわし、麻里は積極的にくちびるを押し当てる。舌で舌をまさぐられ、吸い上げられ、ただそれだけなのにうっとりするほど心地いい。

「麻里、痩せたか？　ほら……ここ、もっとふっくらしてたのに」

スカートの上から、木原の大きな手がおしりの丸みをマッサージするようになでまわしはじめた。指の強弱によって、さざめきのような淡い快感が起こる。

「は……あ、ん……っ」

「確かめないと」

「手、はな……して……あっ」

ぞくぞくする甘い感覚をこらえ、麻里は木原の肩に顔を埋めた。

腰を抱かれて上がったダイニングは、一週間前と様子がほとんど変わっていなかった。

前回に感じた、慣れない眺めの部屋という印象は薄れ、戻ってきたのだ、と明るい気持ちになった。

麻里は胸に手を当て、激しくなった鼓動をなだめようとする。

木原は婚約などしていなかった。

安心して彼のそばにいていいのだ。

「先に手打ちを済ませようか」

ささやかれ、一週間替えていないシーツのことを思い出した。

「替えはどこに？」

「寝室のクローゼットにある」

木原のクローゼットを漁ることに抵抗はあったが、難なく目当てのものは見つかった。

シーツや毛布、バスローブなどがいっしょくたになって、クローゼットのなかに積み上げられている。ファブリックどころか、その後ろに箱のビールまでしまってあった。

麻里はベッドのシーツをはがし、丸めて洗面所に走る。ダイニングにいた木原はなにやら電話をしていて、言葉の端々から出前を頼んでいるのがわかった。

取って返した麻里に、木原は通話を終えたスマートフォンを振って見せる。

「出前、寿司でよかったかな。ほかになにかあれば、追加するけど」

「あれこれ頼んでも、そんなに食べられないいんじゃない？　足りなかったらコンビニでも行こうよ」

「それもそうだな」

ふたたび戻った寝室で、麻里はクローゼットから引っ張り出したシーツをかける。クイーンサイズのベッドにシーツかけをするのははじめてで、感覚がつかめない。ベッドが大きすぎて、シーツを広げるのも腕力が要る。

「どう？　手伝う？」

楽しげな木原の声が背中にかかる。

「平気！　だってこれで手打ちにしてもらうんだし」

応じた麻里の声も弾んでいた。

ばさり、と音を立ててシーツを広げ、マットレスに折りこもうと前屈みになったとき、

麻里は背後から抱きしめられた。

「もうちょっとだから……」

笑いながらたしなめた麻里の声は、そこで途切れた。木原は麻里を背後からベッドに押し倒し、はしたなくめくれたスカートの裾から手をもぐりこませていた。

「……っえ……っ？　あ、っん」

たやすく木原の指は敏感な場所を探り当て、ぐりぐりとこすり上げるように動かしはじめている。快感が強すぎて、腰から下に力が入らない。

「やぁ……っ、……んで……っ」

亀裂に沿って指を往復させ、やがて木原は下着の脇から指先をもぐりこませる。

「だめ……ぇっ」

直接彼の指にふれられる心の準備は、麻里にはまだできていなかった。にぎりしめ、たぐり寄せたシーツはしわになってしまっている。そこに顔を埋め、麻里は首を振った。

「こん、な……あぁ……っ」

ぴちゃぴちゃという音が聞こえはじめている。耳元で木原のくぐもった笑い声がし、指がより深く差しこまれた。ぞくりと快感の波が起こる。ため息を吐いた麻里の蕾《つぼみ》を見つけた木原の指は、そこを執拗《しつよう》に愛撫《あいぶ》していく。

「あ……！　ぃや……あっ、ぅあぁんっ」

感覚が鋭敏な場所だ。麻里は腰をくねらせ、木原の指から逃れようとする。しかし木原は逃がさなかった。自分の全身を使って麻里を逃がさないよう固定し、愛撫する指はすこしも休ませない。

「だめ……っ、だ、めぇ……っ」

「……これだけ濡《ぬ》らして？　ここなんか、こんなにかたくなってる」

「あぁ……ん！」

蕾が圧され、せつない息が漏れた。

麻里は密着した木原の下腹部にかたいものがあることに気がついた――知らされていた。木原はみずから押しつけ、誇示している。

延々と嬲《なぶ》られている蕾と、それはおなじ状態だ。欲情し、快感を期待している。麻里は達しそうになっていた。聞こえる蜜の音は粘度を増している気がする。

「やめ……あ、ぅう……ん」

「感じてるの、ここの反応でわかってるよ」

「こ……んな、やめ、だめっ」

「後ろから腰くねらせてるの見てたら、我慢できなくなったんだ。はやく麻里の身体を確かめたくて」

「はな、して……ぇ」

こらえられない。延々と敏感なところをこすり上げられて、麻里は目を閉じて喘《あえ》いだ。

「艶めかしい動き見せつけられて、我慢しろってひどいよ」

「ちが、だって、ぅあ……っあ、手打ちって……ぅああん……っ」

大きな波が訪れて、麻里は激しく腰を波打たせた。

木原に背中から抱きしめられたまま、ベッドにゆっくり崩れ落ちる。

スカートはたくし上げられていて、剝き出しの太腿《ふともも》に木原の欲望が当たっていた。

達して朦朧《もうろう》としながら、麻里は身体の力を抜く。

また木原とこんな親密な時間を過ごすことができるなんて、まだ信じられないでいる。

息を整えた麻里は、木原の指がまだ下着のなかにもぐりこんでいることにいまさら顔を赤くした。

「も、そろそろ離れ――」

背後に声をかけようとすると、下着のなかで休んでいた指がふたたび愛撫のために動きはじめた。

「ああ……！」

麻里はきつく足を閉じていた。絶頂を迎えたばかりの蕾は、愛撫を受けた瞬間それを痛みとして麻里に伝えた。

「やめ……！　ぁあっ」

とてもていねいな、淫花のかたちをなぞるような動きだ。痛みだという錯覚は一瞬で、しかし鋭敏になった感覚は、麻里の息を荒げさせる。快感が強すぎて、彼に抱きしめられながらも身をよじった。

「だ、だめっ、もう……あぁ……っあ」

「だめだ、まだシーツ替えてないだろ？　替えるまでは手打ちになんてならないよ」

「だって、も……もう、私、わ……私……っ」

閉ざした太腿に挟まれていても、木原の指はなんなく動いていた。

短い呼吸をくり返す麻里から、木原は突然身体を離した。

愛撫から解放されほっとしたのも束の間、彼の腕は麻里の足をつかみにかかっている。

「き、きは……」

うっすらと目に欲情を浮かべた木原は、麻里の足から下着を引き抜いた。投げ捨てられた下着が離れた床に落ちる。

スカートはめくれ、麻里はあられもない姿になっていた。

麻里が秘部を隠そうと動くより先に、木原が足を抱え上げた。

「きゃ……ああぁ！」

足を開かされ、麻里は自分のひざの間で薄く笑う木原と目が合った。

「ば、ばかぁっ」

恥ずかしさで頭がまわらず、麻里はこどものような罵声を木原に投げつけていた。

「……熟れすぎた果実みたいだ、甘くとろけてるやつ。わかる？」

「そんなこといわないでよぉ……！」

木原の顔が秘部に近づき、まさか、と身をこわばらせた麻里の視界で、彼は迷いなく舌を使いはじめた。

「だ、だめっ、シャワーっ、きたな……！」

訴えたいことがまともに口に出ないくらい混乱した。麻里の足をベッドに下ろし、木原は器用に舌で蕾を転がすように責め続ける。

「ひぁ……んっ」

連続する愛撫に、麻里の身体はたやすく果てようとする。背を浮かせ、麻里は喘ぎながら目を閉じた。木原の舌の動きに意識が集中する。熱心に蕾を責める動きが、麻里にはいとおしい。

「もう……っ、も……またっ」

時間をほとんど置かず、絶頂はまた訪れた。全身の神経が焼き切れたように、麻里は動けなくなった。

荒い息をつき、白い天井を見上げていると、インターホンが鳴った——出前を頼んでいたことをすっかり忘れていた麻里は、あわてて身を起こす。

「来たみたいだ」

ダイニングに行った木原が、モニタ越しに出前に応対している声がする。すぐ戻ってきた彼は、首を巡らせて下着を探す麻里に財布を渡してきた。

「エレベーターで上がってくるから、麻里が出てくれる？」

「私？」

木原がいいといってくれても、自分のものではない財布をいじるのに抵抗がある。

「俺、いまこんな状態だから」

木原は自分のズボンの前をくつろげる。チャックを下ろすと、彼の欲望がたぎっていることが一目でわかった。それではしかたがないのだが——よろしく、といいながら、木原は麻里の下着をベッドの陰から拾い上げた。

「そ、それ返して……っ」

麻里の声に、インターホンが鳴る音が重なった。

「急いで、ほら」

「返し……」

「大丈夫だって、ほら、はいてる時間なんてないよ」

手のひらに下着をにぎりこみ、木原は麻里を急かす。

「えっ、なんでっ」

再度インターホンが鳴り、麻里は意を決して玄関に向かった。

スカートの長さはひざ下まである。普通にしていれば気取られるはずがない――下着をはいていないなんて。

「お待たせしましたー！」

玄関を開けると、大学生くらいの年齢のデリバリースタッフが笑顔で立っている。

会計をすませ寿司桶《おけ》を受け取ると、背後から手がにゅっとのびてきた。

「ありがと。ここ、けっこううまいんだ」

麻里の手から桶を受け取った木原は、ラップ越しに寿司をのぞきこんだ。

「し……下着返して……」

スカートの前後をおさえた麻里に、木原は浴室の方を目でしめした。

「飯の前に、シャワー浴びる？　麻里、大変なことになってるんだし」

木原の目が麻里の下腹部を射る。目線を意識した瞬間に、スカートの奥が疼いた。

「……さ、先に食べててね」

寝室のクローゼットからバスローブを拝借しようとした麻里は、着替えがない、といまさら気がつく。木原のシャツを借りられないか、あとで訊いてみよう――そう思う反面、今夜服を着て眠れるのだろうかと、はしたない考えが頭をよぎった。

木原に翻弄され達し、なのにまだ身体の内側でくすぶる熱があることを、麻里は自覚していた。浴室に走った麻里は、疼きをシャワーで落ち着けようとする。うなじから背中、ひざに熱い湯が流れると気分がよかった。

身体を洗い、泡を流していると背後で音がした。

確認する間もなく浴室の戸が開き、満面の笑みを浮かべた木原が入って来た。

抵抗する猶予さえなく、麻里は浴室の壁に追いこまれていた。身体を密着させた木原の下腹部は、先ほど確かめた硬度をそのまま保っている。

「木原く……んっ」

麻里のあごをとらえるやいなや、木原はくちびるを重ねてくる。

出しっぱなしになっているシャワーを、木原はくちづけをしながら器用に止めた。その手で麻里の乳房を包み、ゆるやかに揉みしだきはじめた。上を向いている乳首をときおりなぞり、舌を交えている麻里がうめくと下半身を押しつける力を強める。

腹部に当たる木原の肉杭《くい》のせいで、落ち着きかけた体内の熱が再燃してしまった。

くちびるが離れると、麻里は木原をにらみつけるようにして見上げた。

「お風呂はだめだよ。恥ずかしすぎるし、びっくりして転んだらどうするの？」

「転ばないように、すぐ支えただろ？」

ほおの水滴を木原の舌がすくい取った。

「私は上がるね、木原くんゆっくり入って……」

「いますぐ、麻里が欲しいんだ」

麻里の手を取り、木原は自分の屹立《きつりつ》したものに導いた。

まっすぐ上向いたそれのかたさに、清めたばかりの淫花がふたたび蜜を溢《あふ》れさせる。麻里は気のせいだ、と自分にいい聞かせようとした。ふれた肉杭の熱さに呼応して増す体内の疼きがそれを許さず、思わず麻里はいきり立った肉茎をにぎりこんでいた。

「麻里……欲しい」

うなずきそうになったが、手を放し、麻里はあわてて首を振った。

「き、木原くん、シャワー浴びにきたんでしょ？」

「ここでじゃ、だめ？」

木原の目の色が変わっている。聞き分けの悪いこどものように見えるが、彼は大のおとなだ。腕力もあり、麻里を快楽で屈服させることだってできる。

「麻里は何回もイッたのに、俺はだめなのか？」

「な、何回もなんて……っ」

いたずらっこのような表情の木原は、目を輝かせている。

「何回イッた？」

「なんでそんな意地悪なことばっかり……っ」

「俺も、もっと麻里とイキたい」

熱っぽい声で訴えられ、麻里はつっぱねられない——麻里もおなじ気持ちを持っている。

「足りないんだ、もっと麻里が欲しい」

重い感覚が下腹部に広がった。木原の指がそこにのびる。麻里は抵抗しなかった。むしろみずからわずかに足を開き、彼を待ち受けた。

淫裂に彼が侵入し、目の前に満面の笑みが広がる。

「手、ついて」

「ほ……ほんとうにここでするの!?」

「待ちきれない……ほら」

壁のタイルに手をつき、麻里はこみ上げる羞恥心をこらえながら腰を突き出した。

「あ、あんまり……見な、いで」

「見えちゃうものはしかたないだろ？」

冗談めかした台詞だったが、木原の声は興奮していた。見られている。羞恥心に目を閉じるのと、一気に彼の情欲が突き立てられたのは同時だった。

「はっ……あぁっ……あっ」

「麻里……っ」

背後からしっかりと麻里の腰をつかんだ木原の抽挿は、情熱的で荒々しかった。深部にまで肉杭が到達し、麻里が一番感じる部分をこすり上げる。

「い……ぃっあ……あっん……っ」

くちびるを噛《か》み、麻里は声をこらえようとする。肌と肌が打ち合う音が浴室に響く。音が響く数だけ麻里の性感は高まり、ひざがガクガクと揺れた。腿の内側を濡らすものが、湯なのか蜜なのかわからなくなっている。

「やぁ……あんっ、あ……ああ！」

意識が白いものに飲まれる。麻里の腰を一層強く引き寄せた木原の肉茎が、膣内でのたうった。

つながったままのふしだらな体勢で、ずるずるとその場にすわりこむ。

木原のひざに抱かれた格好で、麻里はしばらく淫裂をうがっているものが体内で身じろぐ感覚を味わっていた。

「……麻里」

ささやき、木原は麻里の耳朶《みみたぶ》に舌を這わせた。

「もう一回したら、ゆっくり寿司を食べようか？」

麻里の恥肉に包まれていた木原のものが、じわじわと硬度を増していっている。

「うう……も、もお……っ」

肩越しに木原の笑みを目にすると、麻里は思わずうなずいてしまっていた。

3

「最近やけに元気だけどさぁ、彼氏できちゃったりした？」

にじり寄ってきたのは、瀬尾陶器に長く務める布瀬詠子《ふせえいこ》だ。

ちょうど朝礼が終わり、各自着席しはじめたところだった。

「悪いんだけど、彼氏のための時間、ちょっと貸してくんない？」

そういって彼女は、手にしたクリアファイルを顔の高さまで持ち上げた。書類がぎっしり詰めこまれ、かなりの厚みがある。

「彼氏とか、そんな」

「えー、じゃあたくさん時間もらっていーい？」

布瀬は相好を崩すと、五十近いとは思えないおさない顔つきになる。

クリアファイルを受け取ってなかを確認すると、とある窯元の資料だった。

「これね、見本をあちこち送ってほしいって頼まれちゃって」

時々、窯元が新作見本を瀬尾陶器に送ってくる。それを瀬尾陶器からまた旅館などの顧客に送付するのだ。紙片などと違い陶器の現物になるので、梱包《こんぽう》を解いてものを確認し、また梱包しなければならない。時間のかかる作業になる。

資料から目を上げると、布瀬はえへへ、と笑った。

「何人か手伝ってくれるんだけど、もうちょっと人手がほしくて」

「いつですか……？」

今日は金曜日だ。フロアにいる女子社員をちらりと見ると、麻里の方を見ていた顔がそっぽを向く。それで作業をする日程の予想がついた。

「明日なの」

予想は当たった。土曜日だ――休日出社とあって、ひとの集まりが悪いのだろう。

「はるちゃんお願い！」

布瀬に拝まれて、麻里は苦笑した。木原とのことで麻里がミスを連発していたときに、布瀬には助けてもらっている。今度は麻里が手を貸そう、と了承する。

「ありがと！　彼氏にもお礼いっといて！」

「その、彼氏とかは」

麻里はいい淀《よど》む。

木原とつき合いはじめて、二週間ほどが経っている。

彼とのことを周囲に話してしまうか、麻里は決めかねていた。

木原観光は有名だ。そして木原は否定していたが、周囲には前田家との婚約話が依然としてまことしやかに流れている。

たんに彼氏ができた、と麻里が口にするのはいいが、そこから木原と麻里のつながりが知られたら面倒事になってしまう気がする。いま木原の仕事は忙しい。生家の事業であるホテル開設で多忙な彼に、余計な心労は負わせたくなかった。

布瀬にクリアファイルを返し、仕事仕事、と口に出しながら麻里は着席する——が、布瀬はそこにくっついて来た。

「……で？」

身をかがめ、布瀬はにやにや笑っている。

「で、って？」

彼氏についての話題は、布瀬のなかで終わっていないらしい。

麻里はしかたなく布瀬の方を見る。もし色々食い下がって質問してくるなら、どこかで布瀬のお孫さんの話を出して話題を変えよう。最近誕生した孫娘に、布瀬は夢中だった。

「で、彼氏ってもしかして武田くん？」

思いも寄らない言葉に、麻里は一瞬ぽかんとした。

「……やだ、違いますよ！　なにいってるんですか」

「じゃ、武田くん以外のひとなの？　会社のひと？」

布瀬はやや声をひそめて話しているのに、フロアにいるほかの女子社員がみんなこちらを見ている。

「ち、ちが……っ」

「武田くんじゃないの？　いい感じだと思ってたんだけど。読み甘かったかなぁ」

「読みってなんですか！　布瀬さん、ほら仕事取りかかっちゃわないと！」

「今度ゆっくり聞かせてよー」

布瀬は腰を上げたが、向かいからべつの声がかかる。先輩社員の原《はら》で、ありありと興味を浮かべた目で麻里を見つめている。

「……なになに、はるちゃん、武田くんとうまくいかなかったの？」

「うまくもなにも、つき合ってないですよ！　そういうのじゃないです！」

麻里は激しく首を振る。

「そうなの？　ほんと？」

やけに原の食いつきがよく、ほかの顔も麻里を注目していた。

「よく一緒に食事行ったりしてるじゃない」

「あ、あれは私がよく食べるから誘ってくれてるらしくて」

焦ってつっかえながらのせいか、武田にいわれたことと微妙に変わってしまった。

「それ、はるちゃんに対しては、女性とか恋愛とかの意識ないってこと？」

「ですかねぇ」

「……そっか、だから逆に誘いやすいのかな」

ぱん、と手を叩《たた》く音がする。フロアにいた面々が一斉に音のした方に顔を向けた。フロアを見渡せる席に着いている小松が、眉尻を下げた表情で手を鳴らしたのだった。

「ほら、おしゃべりはそのへんで。しゃべりながら仕事する余裕があるなら、みんな揃《そろ》って休日出勤するかぁ？」

誰もこたえず、それぞれが自分の席で仕事に取りかかる。

途中布瀬からの社内メールで一斉送信があり、休日だが手伝いを、と社員に呼びかけていた。土曜日に終わらなければ日曜にも、という末尾の一文がある。せめて土曜の晩から木原の部屋に行きたかった。

木原の顔を頭から追い出せずにいたが、じきに仕事に集中していった。

明くる土曜日、作業のため会社に向かってみると、武田の姿があって麻里は驚いた。

「どうしたんですか？　今日は」

事前に聞いていた参加者のなかに、武田の名前はなかった。

「なんか、作業が大変だって布瀬さんに聞いてたから、手伝いに来てみました」

休日出勤といっても、有志によるボランティアのようなものである。ぽつぽつと顔がそろいはじめた手伝いの社員たちは、いつもよりずっとラフな格好をしていた。

「春原さんがジーパンはいてるの、はじめて見たかも。それに男物とか着るんですね」

武田にしみじみといわれ、麻里は自分の格好を見下ろす。

動きやすさを最優先し、デニムにスニーカー姿だ。武田が指摘したのは、シャツにひっかけたパーカーだろう。それは先日木原から借りたものだった。かなりサイズは大きいのだが、たわむれに麻里が袖を通したところ、よく似合うと木原に評されたものである。うれしくなってしまい、麻里は着て帰ってきてしまった——木原もそれを止めなかった。

数人集まった顔で、社屋のとなりにある倉庫に向かう。たくさんの段ボール箱が並んでいて、それをすべて片づけるのだと思うとはじめる前からため息が出た。

「やるかぁ」

小松のうんざりした声を合図に、手分けをして作業に取りかかった。

午後になると終わりが見えたので、麻里はひとまず、破棄する段ボールと緩衝材をまとめることにした。外の資材ゴミ置き場に運ぶのを武田が手伝ってくれる。

「風、冷たくなってきましたね」

日の落ちたおもてに出ると、十月の風は思いの外冷たい。

「パーカー着てればよかったのに、春原さん」

借りものを汚したくなかったので、作業開始と同時にパーカーは脱いでいた。

資材ゴミ置き場に荷物を積み上げ、手のほこりを払いながら倉庫に足を向ける。

「春原さん、夜は時間ありますか？　駅前にパンケーキ屋さんあるでしょ、あそこ、週末限定スイーツやってるそうなんですよ」

「知らなかったです。じゃあ、あとでみんなに声かけてみませんか？」

武田の返事を待たず、麻里は早足に倉庫に戻った。

あんなに数があった見本品だが、五時になるころにはほぼ片づけられていた。あとは割れや欠けのあったものを窯元に返すだけ、となって、小松が休日出勤をしたメンバーに声をかける。

「あとは俺がやるから、みんな上がっちゃって」

「いいんですかぁ？」

うれしそうな声がいくつも聞こえた。

「かまわんよ、これだけやったら俺もすぐ帰るから」

布瀬が退社しようというみんなに声をかける。

「だれかご飯していかない？　時間ある？」

くたびれたから帰る、という者が大半で、結局は武田と麻里だけが残った。

「どうしよっか、はるちゃんたち、なにか食べたいものある？」

「パンケーキのお店はどうですか、駅前にあるお店わかります？　週末限定スイーツがあるんですって。確かパスタもやってたはずですし」

布瀬の背後に立っていた武田が、うんうんとうなずいている。

「あ、いいわねぇ！　そこにしましょう」

その店は昼間には行列ができると聞いていたが、時間帯のせいか偶然か、幸運にも入店待ちの客はいなかった。

武田が目当てにしていた週末限定のデザートは、本日分は終了、と店内の黒板に書かれていた。ああ、とため息を落とす武田に、麻里はメニューを差し出す。

気を取り直すようにして、みんなでいくつか料理を頼んでシェアした。見た目のかわいらしい料理が多い。麻里と布瀬が「かわいいね」と息をつくなか、さっさと武田が真ん中から料理を崩してブーイングが出た。

頼んだワインに後押しされてか、布瀬は饒舌《じょうぜつ》になっていった。

孫娘が知育玩具で遊ぶようになったのだと、とてもうれしそうに話し、孫娘の撮影のために一眼レフカメラを買おうと思う、という。

楽しそうなのはいいのだが、あまり酒に強くない布瀬は早々に顔が真っ赤になってしまった。空になったグラスをひじで倒しそうになり、あらぁ、と困ったような声を上げた。

お手洗い、といい残して布瀬が席を立った隙に、麻里は店員に会計を頼む。

「布瀬さん、大丈夫ですかね」

「私、途中まで送りますすね。あんまり酔いがひどかったら、ご家族に連絡して迎えに来てもらいます」

「今日は身体動かしたから、まわっちゃったのかもしれないですね」

見まわした店内の客足はほどほどで、ひとりででも足を運びやすそうだった。ここなら会社帰りに寄ってみてもいいかもしれない。

「また今度、週末限定にチャレンジしたいんですけど、どうですか春原さん」

麻里は武田に微笑みかけた。

「お昼休みにケーキとか食べに行くのはいいんですけど、休みにふたりだけで出歩くのは止めませんか」

「……どうかしましたか？」

目を丸くした武田に、女子社員たちの探るような空気をどう伝えるか迷う。

彼に好意を持つ女性は少なからずいる。つき合っているの、というみんなの問いかけを否定しているが、実際麻里は武田に誘われて食事に出かけていた。見ているものがいないと思っていても、案外見られていた。

つき合ってるならまだしも、なんとも思っていない相手とただ出歩くなんて八方美人だ、と女子社員にいわれたこともある。相手は冗談めかしていたが、案外本気でいっていたのではないだろうか。

「ひとによっては、そういうふうに出歩いてると……つき合ってるんじゃないか、って思うひともいるんです」

こんなことは武田に伝えなくてもいいのかもしれない。だが今後武田に恋人ができたときに、おなじことをしたら大変なことになりかねない。

「出かけるなら武田さんの彼女さんと、とか……武田さんに好意のあるひとと行った方がいいと思います」

そういってから、まるで自分は武田に興味がないといわんばかりのいい草だ、と気がついた。一度口から出した言葉はもう取り戻せず、武田は天井をあおいで「うーん」となっている。

「それ、春原さんが僕の彼女になってくれたら、全部解決することじゃないですか？」

軽い口調の武田に、麻里は吹き出しそうになった。

「そういうこと、冗談でもいったらだめですよ」

たしなめつつ、もし木原がこんな冗談をよそで口にしたら——そんな想像をしてみる。悲しいとかつらいとか思うより先に、ひどく胸が苦しくなった。

会計伝票を持った店員とお手洗いから布瀬が戻るのは、ほぼ同時だった。多目に払おうとする武田を、真っ赤な顔をした布瀬が「割り勘！」と強い口調で押し切る。

店を出ると武田はなんだか口数が少なかった。デザートが品切れだったので、がっかりしてしまったのだろうか。今度武田は会社のほかの女子社員と店を訪れたらいいのだ。場合によっては、麻里がセッティングしてもいいかもしれない。

駅までは三人ともおなじ道だったが、武田はべつの路線になるため改札の前で別れた。ホームのベンチに腰を下ろし、買ったミネラルウォーターを飲んでいるうちに、布瀬の呂律はだいぶはっきりしてくる。電車に乗りこむころ彼女の顔はまだ赤かったが、これならひとりで帰しても問題なさそうだった。

乗り換える駅で開いた電車の扉から下り、麻里は振り返ってホームから手を振った。

「今日はありがとう、助かったわぁ。酔っちゃってごめんねぇ」

「気をつけて……」

いい終わる前に、ホームにベルが鳴り響く。

動き出した電車を見送り、麻里はスマートフォンを取り出して木原にＬＩＮＥでメッセージを送った。木原は今日は家で過ごしているはずだ。

短いやり取りの末、麻里は彼のマンションの近くで待ち合わせることに決まった。

吹いた風はすこし冷たい。

木原から借りているパーカーに包まれながら、ホームで麻里は電車を待っていた。


駅ビルの一階にあるカフェで待ち合わせをすることになっていた。

週末の繁華街のせいか、土曜日の夜のカフェはとても混んでいる。おもてからガラス越しになかを確認して、麻里は早々に席を取ることをあきらめた。

この時間ではウィンドーショッピングできるような店は閉まっているし、空いている飲食店は大半が居酒屋だ。

木原は『もうすぐそっち着くから』とメッセージをよこしてきていた。場所を変えるのも億劫《おっくう》で、麻里はカフェの前に立って待っている。

さほど時間が経たないうちから、指先が冷たくなってきた。薄着すぎたか、麻里はウィンドウ越しに店内を見る。テイクアウトで温かいコーヒーだけでも買っておこうか。

迷う麻里は、ガラスに映る人影に気がついた。

目が合った気がして、麻里はどきりとする。

そして鼓動ははやまっていった。

このひと知ってる、と思ったときには、人影――女性は麻里の方に向かって来ていた。

「失礼しますね、お名前は存じ上げませんが……木原さんのお友達ですよね?」

天ぷら屋で見た顔だ。うつくしくて、凛《りん》とした声で話す。麻里は脳裏で彼女の名前を探した。武田が口にしていたではないか。焦っても出てこない。

「私、前田美波《みなみ》ともうします。すこし前、お昼に」

「……はい、ご挨拶は……しませんでしたが、お会いしました」

そうだ、前田だ。

——木原の婚約者だといわれている女性。

「あの、春原ともうします」

「そうですか。失礼を承知で申しあげますが」

麻里は緊張していた。

冷静さに徹しているが、実際前田はとても怒っている気がする。

そんな予感に、鼓動ははやくなる一方だった。

「傷が深くなる前に、木原から離れた方がいいと思いますよ」

「なにを……おっしゃってるのか」

「婚約者の遊び相手に、忠告しているだけです。不名誉な風評は、一度流れたらずっと残ります。女性には酷なことですから……あなたもご家族も、この土地で暮らしていくおつもりなんでしょう?」

前田のいうことが頭を素通りする。

なにかいわなければ。

彼女は麻里が声もない様子であるのを確認して、口のはしを上げた。笑顔に似ているが、笑っていない。余計に彼女が怒ったように見えた。

「私も多少の火遊びなら黙認します。ですがあまりに目に余るようでしたら、考えなければならなくなります」

「ま、待ってください、婚約はしてないって……」

「図々しい真似は控えてください」

ぴしゃりとはね除ける言葉だった。

「……どうせ捨てられるのに」

麻里は前田の顔を見つめる。

婚約は噂《うわさ》だけの実体などないもの。

木原はそういっていたが、はたしてそうなのだろうか。

まるで前田は、木原のことを――。

なにも言えない麻里を残し、前田は去っていった。


「遅くなってごめん！　出るついでにクリーニングも出して来たんだけど……どうかしたのか？」

現れた木原は、いつも通りの笑顔だった。敵意も警戒もない全開の好意に、ひたすら麻里は安堵《あんど》した。

「……麻里？」

木原の腕がのびて、麻里は素直に抱かれる。肩を預けると、木原の胸はしっかりと麻里を支えてくれた。

「会社でなにかあったのか？」

木原の顔には思いやりが満ちている。やっと緊張がほぐれ鼓動が落ち着いてきた。

「さっき、前田さんに会って……」

木原の眉がぴくりと動いた。

「私のこと……」

マンションへの道すがら、麻里は少しづつ前田が口にしていたことを伝えた。

途中でなかなか言葉が出てこなくなっていく。なぜだか告げ口をしているような気持ちになっていた。

おそらく前田は木原に心を寄せている。

前田が周囲に木原の婚約者と目されているというのは、彼女の振る舞いが原因ではないだろうか。さも恋人であるような態度を、木原のいない場所で取っていたとしたら。そんなことを考えてしまった。

前田の気持ちが木原に向いている、という麻里の印象は伝えられなかった。あれだけうつくしいひとが、自分の恋人を想っている——麻里は冷たいものが背中を通るのを感じた。

木原の部屋に入ると、麻里はソファに横たわり、長い息を吐く。

「お疲れさま、なにかつまむか？」

「……なにかあるの？」

「チーズのブロックなら」

「ブロック？」

「パルミジャーノだったかな、ホテルで扱うチーズのサンプルってことで、いくつか届いてたのを分けてもらったんだ。うまいって話だよ」

冷蔵庫に向かった木原は、両手で大きな黄色い塊を抱えて戻ってきた。ブロックという言葉にうなずける。困ったような彼の姿に、麻里は笑い出していた。

木原は台所からナイフを持ってきて、テーブルでチーズを薄く削って口に運びはじめる。麻里も一欠片もらって口にしてみた。もう一口ほしくなる、風味の強いおいしいチーズだった——が、木原は不満顔だった。

「やっぱ、これだけだとものたりない……俺、ちょっとコンビニ行ってくるよ」

ひとりになった麻里はテレビをつける気にもなれず、シャワーを借りることにした。

すでに着替えは置かせてもらっていて、勝手知ったる他人の家、状態だ。

浴室では、木原の男性用洗顔フォームの横に、麻里のメイク落としが置かれている。麻里は凝ったメイクをしないタイプだが、ためらわずすっぴんを木原にさらけ出せるのは、ノーメイクだった大学時代からの知り合いだからかもしれない。

シャワーを浴び終え、スウェットを着たときには、木原は帰宅していた。

木原はコンビニで小分けそばを買ってきていて、ずるずるとすすっている。麻里の分、とサンドイッチを差し出されたが、気持ちだけいただくことにする。

ソファで肩を並べ、テレビをつけるとにぎやかな声が溢《あふ》れ出した。

バラエティ番組をふたりで眺めていると、寄り添った木原が手をにぎってくる。

にぎり返す麻里の気分は沈んだままだった。

「麻里、気にしてる？」

「……まあ、うん……正直なところ」

なにを、とおたがい口にしなかった。

「俺の相手は麻里しかいないだろ」

抱きしめられてうなずいたが、麻里がため息をつくと木原もため息をついた。

「……一昨日にさ、前田さんと会う機会があったんだ」

「そうなの？」

「あっちの家が、障害のあるひとの支援施設もやってるんだ。うちが建ててるホテルの清掃に、施設のひとを入れられないか、って打診があって。話が終わったあとに雑談になったから、麻里のこと話したんだ。自分たちが婚約してるような話が噂になっているみたいですけど、きちんと否定したいですね、って」

驚いた麻里は、木原の腕のなかで顔を見上げた。

「会って話したの？　それで、な……なんて？」

「いい迷惑ですよねー、って」

「前田さんが？」

彼女の表情を、態度を思い起こす。彼女がそんな返答をするとは思えなかった。

さらりという木原に、麻里は口をつぐむ。そんないわれようをした前田は――怒ったのではないか。

「いや、俺が」

麻里の危惧をよそに、木原は首をかしげる。

「そしたらなんか機嫌そこねたみたいでさ、前田さんだって迷惑してたんじゃないか？」

「……真逆だったんじゃないかな」

「逆？」

いうか迷い、木原のきょとんとした表情に麻里は話すことにした。

「……そう、逆。前田さんは婚約したかったんじゃない？　木原くんのこと、そういうふうに見てたかもしれないでしょ」

木原は顔の前で手を左右に振った
「ないない！　何回か顔合わせたことあるけど、見合いみたいなもんじゃなかったし。敬語で世間話してただけだぞ。なにより、麻里に向かっていきなり俺の遊び相手だなんだっていっちゃうひと、俺が無理無理」

木原は明るく否定するが、直接前田と会った麻里としては、不安がぬぐえないでいる。

木原から直接そんな話をされた前田が麻里に接触したのは、なにか行動しようという意思表示では、と不安が沸き起こっている。

もし前田が再度現れたら、と食べ終えたそばの容器を片づける木原を前に考える。

ひととなりは知らないものの、あんなに素敵な、魅力的な女性に木原が揺れ動いてしまったら。麻里は不安を覚えた。

もしも、と麻里の頭はいやな考えで満ちてくる。

もしも婚約を前田が望んでいたとしたら。前田の口振りを思い起こし、麻里の考えは暗いものになっていく。

麻里はソファの背もたれに体重を預けると、ぐったりと目を閉じた。

「今日の作業って、ハードだった？」

「そんなでもなかった、かなあ」

「じゃ、前田さんのことで疲れちゃった？」

笑いを含んだ声だったが、目を向けると木原は真剣な顔をしている。

「俺も、麻里も間違ったことなんかしてないんだ。悩んでる顔してるけど、俺が忘れる手伝いをするよ」

横に腰を下ろしていた木原の手が、Tシャツに潜りこんでくる。

「……っ、こら……ちょ」

手のひらは泳ぐように上へと流れ、麻里が着けているノンワイヤーブラをたくし上げた。

「木原く……、っん」

乳房の丸みに沿って動く木原の手に、麻里の吐息ははやくも荒くなりはじめている。

「麻里」

くちびるが重なった。木原の指が乳暈《にゅううん》をなぞる。声が漏れそうになるが、木原の舌に封じられて短く呻《うめ》いただけだった。

「……敏感だよね、麻里。もうこんなにかたい」

Tシャツのなかで木原の指は、麻里の尖《とが》った乳首をつまみ上げた。ゆっくりとねじるように指を動かされて、麻里の身体を甘い痛みに似たものが駆け抜けていった。

「んっ……あぁ……！」

前田のことで気落ちしてるのに、あっさり反応してしまう自分の身体に麻里はがっかりする。身体はいつものように木原の愛撫《あいぶ》を受け入れ、胸のなかが熱くなっていた。

木原の胸に寄りかかり、麻里は「もお」とつぶやいた。

「……前田さん、もしかして木原くんのこと好きなんじゃないかな。だから私に宣戦布告したんじゃ……」

木原はそれを聞いて吹き出した。

「それはさすがに考えすぎだよ、ちょっと意地悪したとか、そんなぐらいじゃないか？」

意地悪だとしたら、どんな意味のある意地悪か。

前田の表情を思い起こして黙りこんだ麻里を、木原はぎゅっと抱きしめた。

「俺の気持ちがあっちを向いてないのに、わざわざそんなこと麻里にしたってなんにもならないじゃないか。意地悪だとしても、きっと次はないよ」

彼が笑うと、抱きしめられている麻里は全身で震動を感じる。すると緊張が解けていくような心地になって、麻里は木原の身体に腕をまわした。

「すっごく不安になってたのに……木原くんがいたずらしてきたら、すぐドキドキしちゃって……いつもみたいになっちゃって。まるで、私ってけだものみたい」

「それならへこんでる麻里に欲情してる俺だって、おなじけだものだな」

手をつかまれて誘導された部分はいきり立っていた。

木原がすっかり欲情していることは、彼の目つきひとつでもよくわかった。つられて胸の熱さが増し、麻里はうなずいていた。

うなずくなり、シャツを上に引っ張られて腕から抜かれていた。胸元をとっさに隠し、手の下の淡い緑のブラジャーと木原の顔を交互に見る。

「ま、前ぶれもなしにこういうことしちゃ……」

「俺のことも、前ぶれなしに脱がしていいよ」

楽しそうな笑顔の木原の手が、ゆっくりと麻里に近づく。麻里はその手をかわし、パタパタと小走りで逃げ出していた。

「なんで逃げるわけ!?」

心外そうな声に、麻里は振り返らず寝室のドアを開けていた。

「明るいと恥ずかしいもの……っ」

寝室に飛びこんでみてから、まるで自分から誘っているようだと気がついた。

木原はあっという間に追いついた。

寝室の照明は落としてあったが、ダイニングの明かりがわずかに届いている。逆行のなか木原がシャツを脱いだ。上半身はだかになった彼のシルエットに、麻里はみとれた。

「暗かったら、いいの？」

脱いだシャツを無造作に放り投げ、木原は寝室に足を踏み入れる。

「暗いままにしてたら、たとえば……麻里が俺にしてくれたりする？」

イージーパンツを脱ぎ、それも木原は後方に投げ捨てた。

木原が腕を広げると、麻里は自然とそこに身を預けていた。

ついばむようなくちづけを麻里のひたいやほおに降らせ、木原は麻里のブラジャーホックを外す。乳房が解放され、麻里は木原の胸にそれを押しつけた。

木原の大きな手が麻里の背中をなで、腰に下り、ヒップラインをていねいになぞった。

麻里は木原のトランクスにふれてみる。腰にかかるゴムの線を指先でなぞると、木原はくすぐったそうに笑った。

「こんなに暗いんだから、俺がいつもするみたいに……麻里がしてみない？」

「いつもみたいって」

「俺が麻里を脱がせて、自分も脱いで……」

麻里の肩からブラジャーを取り払い、木原はそれも廊下に投げた。

「……ボディチェック、いつもたくさんしてるだろ？」

おなかの奥に、ずしりと重い感覚が広がった。

彼との夜、麻里はくちびるや指や彼の肌で、確かにくまなく全身を検《あらた》められている。

まさしくボディチェックだ——快感を伴った長い検分。

おなじことを木原にできるだろうか。

おなじように、木原を快感の海に連れ出してあげられるのだろうか。

逡巡《しゅんじゅん》していると、木原は麻里の髪に鼻先を押しこんで笑い出した。

「俺、麻里のそういう……いやじゃないのにいやがってるときの顔、大好き」

「えっ」

「で、やけにやらしい顔してるんだ」

木原の手がスウェットズボンにかかった、と思うや、麻里の下着ごとずり下げていく。

麻里が一糸まとわぬ姿になると、木原は両手を広げた。

「どうする？」

麻里の手は考えるより先に動き出し、木原のトランクスに手をかけ脱がせはじめていた。

トランクスのなか、すでにそれがいきり立っているせいで、案外脱がしにくい。

トランクスを彼のひざ下に引き下げると、勢いをつけて飛び出してくる。かたくなっているそれは、麻里の目と鼻の先で大きく揺れた。羞恥心から目を逸らした麻里からトランクスを受け取り、木原はこれまでとおなじように廊下に投げる。

手を引かれてベッドに近づくと、ベッドサイドにあるランプの明かりを木原が灯した。シェード越しのやわらかい光に照らされるベッドに、先に木原は身を横たえる。

いつもとまったくの逆だ。

「ほら、麻里」

どうしよう、と迷いながら、彼がするように麻里は木原の太ももにまたがった。シーツをひざで踏む音や、スプリングのきしむ音。あまりにちいさくて普段ならたいして気にも留めないような音が、なんだかやけに耳についている。

見下ろすと、麻里を仰ぐようにして、へその下で荒ぶりが屹立していた。

鼓動がはやくなってきた。

そっと幹をにぎると木原は身じろぎ、ゆっくり手を上下させると重い吐息をこぼした。手を休めずにいると鈴口に蜜が溢れ出してきて、麻里はひどく興奮した。木原の先端が蜜をいただいているように、麻里もまた淫泉に波が起こっているのを感じる。

「麻里……」

屹立《きつりつ》していたそれが、さらにかたくなり身を反らす。

麻里は手を放すと、身をかがめて木原にくちづけた。おずおずと麻里から仕掛けた舌を、木原は激しく吸い上げる。

「ふ……っ、ん」

麻里と木原の腹部に挟まれた昂《たか》ぶりは、舌を交えるくちづけに合わせているかのようにぴくぴくと反応していた。

おなかでこするようにして、麻里はへその下の肉杭《くい》を刺激する。とても熱く、麻里のおなかの奥にもおなじ熱さのものが渦巻いていた。

「麻里の……なかに」

短い言葉にうなずき、麻里はそっと腰を上げた。

淫花のひだの間に肉茎を導こうとするところを、木原は目を輝かせて見つめていた。恥ずかしくてたまらないのに、麻里は腰を沈める動きを止めなかった。

蜜を湛《たた》える麻里のせまい道は、肉杭を受け入れると激しくうねった。

「っう、麻里、いつもより……きつくなってる」

ぶるりと身をふるわせ、麻里は前屈みになると木原の胸に手を置いた。

「木原く……あ、あの……する、ね」

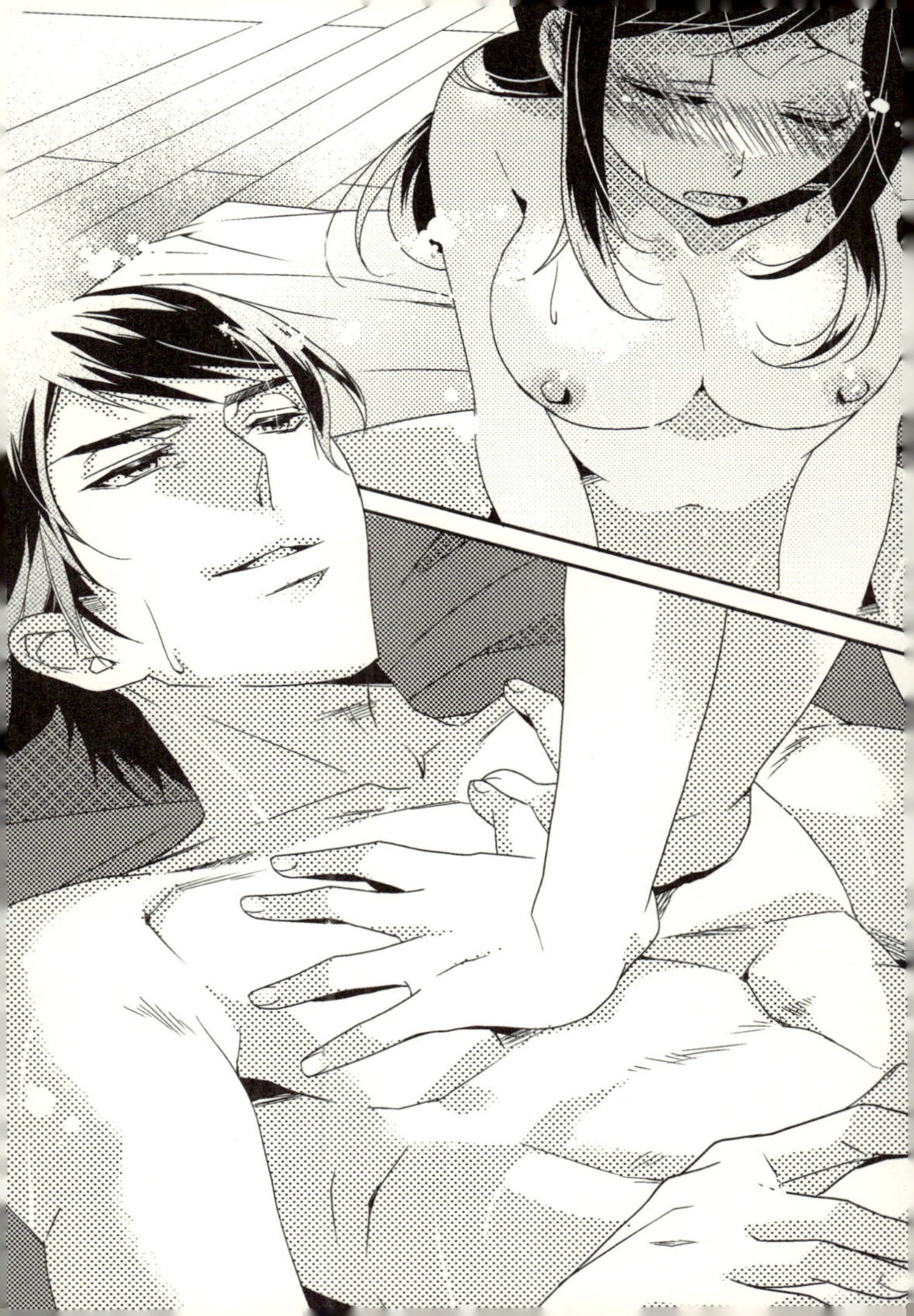

ゆっくりと麻里が腰を揺らすと、木原は昂りのにじむ声を漏らした。

「……っう、わ……麻里……っ」

肉杭を深いところに受け入れた麻里の腰の動きは、徐々に激しくなっていった。それは受ける快感の深さと直結していて、麻里は声をこらえようとくちびると嚙《か》んでいた。

「んう……ん、あん……っ」

麻里に合わせ、横たわった木原も腰を上下させている。必死に動かす麻里の腰をつかんだ木原は、片方の手で麻里の乳房をもてあそびはじめた。

「……や、ぁ……！　あっあぁっ！」

快感が追加されて、くちびるを嚙むことを忘れて麻里は高い声を放った。乳首をねじられるたびに、甘い電流が腰に流れていく。夢中になって麻里は木原にしがみついた。

「今日は麻里がしてくれるんじゃなかったっけ？」

半身を起こした木原に抱えられ、ふたりは向き合った座位になった。

麻里は腰を揺さぶり、木原の首に腕をまわして息を荒くした。

「木原く……っあぁ！　ん……ぅん……っ」

「麻里にしてもらうのは、お預けか？」

耳元でそうささやくと、木原は麻里の蜜壺《つぼ》への抽挿をはやめた。

つながった部分から卑猥《ひわい》な音がし、麻里の性感はそれに煽《あお》られたように高まっていった。

「あ……っあ……い、ぁあん……っ」

「麻里、お預けにしたんだから、俺のお願い聞いてよ」

「っふ、ぅあん……っ」

木原は麻里の耳たぶに舌を這《は》わせた。

「俺のこと、いいかげん名前で呼んでくれないか？　いつまでよそよそしくしてる気？」

「よそよ、し……な……っ、はぁ……あっ」

これ以上ないほど親密な快楽をふたりで味わっているのに、と抗議したくなる。だがうまく受けこたえができない。麻里は達しそうになっていて、うまく思考もできなくなっていた。ただひたすら達したくてしようがない。木原に貫かれて、一緒に達したい。

「ゆ、ゆう……も、私だめ……っ」

混乱に近い快楽の海のなか、麻里はそれでも木原の名を口にしている。

「うん……麻里のなか、すごいことになってる」

笑いながらいう木原の腰は、いっそう強く麻里を嬲《なぶ》った。

「あぁ！　ゆ、き……勇輝ぃ……っ」

限界がきて、麻里は叫ぶなり激しく身体を痙攣《けいれん》させていた。

腕に力をこめた木原の肉杭も、麻里の内側で身悶《もだ》えて絶頂を教えている。

ふたりで荒い息をつきながら、だらしなくベッドに身を横たえた。

まだ下腹部でつながったままのはしたない姿を、ふたりは微塵《みじん》も気に留めていなかった。


ベッドでぼんやりしていると、木原が寝室を出て行った。

横目で見送った麻里は、ややあって身を起こした。

絶頂の余韻が去ってみると、腿《もも》の内側を濡《ぬ》らす蜜の感触にほおが熱くなってくる。

身を起こしてベッドランプを明るくすると、寝室の様子が多少確認できるようになった。

元々乱雑だった寝室だが、以前よりはすこし整理されている――麻里がいじったのだ。

そして整理はされたが、ものが増えた。増えたのは麻里の私物で、コスメや着替えの入ったボストンバッグなどが置いてある。

麻里はベッドから出ると、ボストンバッグからTシャツを引っ張り出した。着ていたものは木原が廊下に放り出してしまっている。ボストンバッグの底の方にある下着を取り出そうとしたが、木原が戻ってくる足音が聞こえた。

「麻里、これ」

トランクス一枚の木原は、手をつき出した。

「持っててくれないか」

木原が手にしていたのはふたつの鍵だった。マンションエントランスに入るためのオートロックの鍵と、木原の部屋の鍵。

「……今日、あそこで待ち合わせなければよかったかもな。ごめん」

受け取った鍵と木原の顔を交互に見、それから麻里は首を振る。

「前田さんと会っちゃったのは偶然だと思うし、木原くんが気にすることじゃないよ」

あそこで会わなくても、いつか麻里の元に現れたのではないか。そんな気がする。

「これ……」

手のひらにのせた鍵に、麻里は戸惑っていた。

うれしいが、すんなり受け取っていいものだろうか。

木原は鍵を麻里の手ごと包むようににぎった。

「けだものの監視に、お気軽においでください」

微笑んだ木原のひどく真面目そうな声に、麻里は吹き出した。

「……私の方がけだものだったら？」

「けだもの同士でちょうどいいじゃないか」

木原は首を巡らせ、寝室を見渡した。

「タンスとか買ってもっと麻里のもの増やしていこう、それで麻里が居心地よく過ごせる部屋にしよう」

「木原くんのプライバシーなくなっちゃうじゃん」

先走る木原をたしなめるような声が出てしまったが、鍵を贈られたのはうれしかった。手のなかの鍵の、その冷たい感触を確かめるようににぎりしめた。

「……もう俺のこと、名前で呼んでくれないわけ？」

木原の問いかけは、楽しそうに浮ついている。

あらためて呼ぶのは気恥ずかしい。麻里が照れてはにかむと、

「ベッドじゃないと呼んでくれないの？　なんかそれ、誘われてるみたいに感じるなぁ」

「……えっ」

「これも俺のこと誘ってる？」

Tシャツのすそを持ち上げられ、下着を身に着けていない麻里はとっさにその場にしゃがみこんだ。

「み……っ」

「ちょっとだけそんな気がしたんだけど、ほんとうにはいてなかったんだ」

顔を上げた麻里の目の先、木原が穿くトランクスがある。すでに彼は下着をふくらませている。

「がおー」

はしゃいだ声がして、麻里はのびてきた勇輝の腕に抱きすくめられた。

「ゆう、くん……」

ベッドに連れて行かれた麻里は、か細い声で彼を呼んだ。返事の代わりか、勇輝は麻里のくちびるを激しく貪る。

「ん……っ、ぅん……っ」

麻里が身に着けたばかりのＴシャツの内側をまさぐり、勇輝は自分の身体をこすりつけるようにした。それだけで麻里の身体はすぐ熱くなってしまう。情欲の炎で内側から炙《あぶ》られ、勇輝の体温で外側から刺激される。

勇輝とベッドにいる間は、麻里もけだものになれる。

「ゆうくん、大好き……」

のしかかるけだものを、麻里は渾身《こんしん》の力で抱きしめていた。

麻里の私物より、勇輝の部屋にあったら便利だろう、と考えたものが増えていった。

台所などの水回りの品が多く、勇輝のマンションは徐々に生活感に溢れた眺めになっていく。自炊のできる環境になるにつれ、麻里は仕事を終えると彼のマンションにまっすぐ向かうことが多くなっていた。

麻里が仕事帰りにマンションを訪れると事前にわかっていると、料理のリクエストがＬＩＮＥでスマートフォンに届く。台所事情もあり、これまで自炊を心がけていた麻里としては、腕をふるうことができてうれしい――なにより勇輝は麻里の手料理を喜んでくれた。

十二月に入ると、勇輝はしきりにこたつが欲しいと口にするようになった。

ダイニングは十分な広さがある。こたつくらいは増やすことができるものの、麻里としては一抹の不安を覚えるものだった。

「ゆうくん、こたつがあったら、そこで寝ちゃいそうだよ」

「えー……」

あからさまに不満そうな声の勇輝は、手にしていた箸を置いた。

「こたつで鍋して、だらだらしたら楽しそうじゃないか？」

きっとこたつを運び入れたら、勇輝はダイニングで寝起きしようとする。

麻里がいる間なら、うたた寝をはじめても寝室に連れて行けるが、いないときのことを考えると購入に賛成できない。

勇輝のマンションに入り浸っているが、麻里は自分のアパートにだって帰るのだ。その間にテレビと明かりをつけたまま、こたつで眠ってしまう勇輝の姿が目に浮かんだ。来夏オープン予定であるホテルの準備で疲れているのだろう、勇輝は食事を終えるとソファでうたた寝をはじめた。翌日の昼から、出張で一泊することが決まっている。食事の支度をする麻里のかたわらで、勇輝は出張の用意をしていた。

明日の出張もある、ちょっとくらい寝かせてあげたくなった。

麻里は照明をしぼると部屋を移動した。書棚を運びこんだ、ほぼ物置といって差し支えのない部屋に足を向ける。

麻里は同僚とふたり、忘年会の幹事を任されていて、そろそろ候補をいくつかしぼってしまいたい。一緒に幹事をする先輩社員の原は、あちこちのお店をめぐるのが趣味らしく、なかなか頼りになりそうだった。

原にＬＩＮＥでメッセージを送ってみたが、返事はなかった。いつもなら返事ははやいのだが、彼女にも都合がある。部屋の整理をしながら待つことにした。

勇輝の資料と思しきものが詰まった段ボール箱が部屋にある。はじめて目にするものだった。仕事で使うものを勝手に動かすことに抵抗がある。

段ボール箱をどこかわかりやすいところに移動させようか、と部屋に視線をやったとき、麻里のスマートフォンが鳴り出した。

確認してみると、電話をかけてきた相手は原だった。

「原さん、いまお時間……」

気軽に出た麻里は言葉を失った。

聞こえてきたのは、原の嗚咽《おえつ》だったのだ。

「ど、どうしたんですか」

尋ねると、原の嗚咽が大きくなる。

どうしたらいいかわからなくなり、麻里はひたすら原が落ち着くのを待つことにした。

苦しげな嗚咽の合間、切れ切れに武田くん、という言葉が聞き取れた。

「なにか……あったんですか？」

会社の武田の顔が頭に浮かんだ。

じっと待つ麻里の耳は、すこしずつ言葉らしきものを拾うようになった。

『こ、こく……こくは』

しゃくり上げる原に耳の神経を集中させていた麻里は、部屋のドアがノックされて

「ひゃあっ」と情けない声を発して飛び上がった。

「麻里、なにして……あ、ごめん」

ドアを開けるなり、勇輝はスマホを耳に当てていることに気がついたようだ。

「か、会社のひとと……」

うなずきながら勇輝がドアを閉めるのを見届け、麻里は電話口の原に謝る。

「ごめんなさい、急に大きな声出して……」

『……彼氏？』

原の声は、先ほどよりは幾分か落ち着いていた。

「え、あ、うん……その、いま出先で」

『武田くんじゃなかったんだね、ほんとに』

はあぁ、とはっきりとしたため息が聞こえた。

「武田さんがどうかしたんですか？」

原はしばらく黙り、また長い息を吐いた。そして短く笑う。

『ごめん、いきなり変な電話かけて。忘年会のお店決めないとね』

「でも急ぎじゃないですから、また」

『ちょっとだけ、話聞いてもらっていい？』

「私でよければ」

『……武田くんにふられちゃった』

「えっ、え、つき合ってたんですか⁉」

麻里は大きな声を出していた。

『違う違う、告ったの』

「あぁ……」

身近なところにいるひとたちの間で、そんなやり取りがあるとは考えもしなかった。

『思い切ってご飯誘ってみてさぁ、告ったらだめだったの。ショック受けて泣いてたら、はるちゃんからＬＩＮＥ来て……それで電話したんだけど。彼といるときにごめん』

「そんな、気にしないでください」

『明日会社行くのやだなぁ……』

武田と顔を合わせなければならないのだ、それは憂鬱《ゆううつ》だろう。

『ほんとはね、武田くんとはるちゃんがつき合ってるんじゃないか、って思ってたの。でも前に、はるちゃんそんなことないっていってたでしょ？　だから……思い切って、武田くんに告ってみたんだよね』

「そうだったんですか……」

それ以外になんといえばいいのか思いつかない。

『前はしょっちゅうご飯一緒に行ってたのに、最近ぜんぜんだったじゃない？　だから武田くんいまフリーなんだろうなって勝手に……先走っちゃったなぁ』

「そういう話、武田さんとしたことなくて……」

うめくような麻里の言葉に、原は短く笑った。

『……ほんと、はるちゃん武田くんに興味なかったんだね』

冷静とも取れるつぶやきに、彼女が落ち着きを取り戻したのだ、と麻里はほっとする。

だが、原が無言になると、麻里は居心地が悪くなってきた。

「……原さん？」

呼びかけると、すこし離れたところで鼻をかむ音が聞こえてきた。

『ごめん、鼻かんじゃった』

「大丈夫ですか？　今日はもうゆっくり休んだ方が」

『ありがと。変な電話してごめん、ありがと……ほんと』

それじゃ、と一度いってから、原は言葉をつないだ。

『そうそう、お店、ピックアップは任せといてね、失恋の景気づけに、ちょっと高いとこ選んじゃう』

無理に明るく話すような声は、聞いていてすこしつらい。

原との通話を終えた麻里は、部屋の中央にある大きな座椅子に腰を下ろした。

いままで社内恋愛を考えたことはなかったが、それは勇輝のことをずっと思っていたからだ。そうでもなかったら、社内の誰かに気持ちを寄せたりしたのだろうか。合コンに誘われれば出かけて行ったのかもしれない。

いま勇輝といられるようになって、とてもうれしい。

そんな気分をいつかほかの誰かと共有することもあったのだろうか——。

麻里は原の失恋にショックを受けている。

気のいい同僚、と思っていた男女が、特別な感情を交わそうとしてうまくいかなかった。大学時代、勇輝と寄り添う恭子の姿を傍観し、逃げていたころの気持ちが胸によみがえりはじめていた。

失恋の痛手が癒えるまで、原はあんな思いをするのだろうか。

ため息を吐きながら廊下に出ると、廊下にはコーヒーの香りが漂っていた。ダイニングに顔を出すと勇輝が笑顔で出迎えてくれる。

「電話、もういいのか？」

「うん、会社のひとが……ちょっと」

勇輝がコーヒーサーバーをかたむけると、芳香が広がった。カップを受け取り、麻里は香りを吸いこんだ麻里は微笑む。

「大変そうなのか？」

「大変は大変かな……会社の子、営業のひとに告白してふられちゃった、って」

あー、とうめいた勇輝の目には、困ったような色が浮かんでいる。

「すごく対応困るな……こういうとき、女の子はどうやって回復はかるの？」

「……おいしいもの食べたり、とか」

忘年会の幹事を彼女と務めるのだと説明すると、勇輝はやはり困った顔をしている。

「気まずいなぁ、ふった方とふられた方が同席するんだろ？」

「席を離すしかないかも」

忘年会の費用は毎年会社が出してくれる。やたらと高い店を選ぶことはできないが、多少の贅沢《ぜいたく》は認めてもらえるはずだった。原の気が紛れるなら、店選びを任せてしまおうか。あとの出欠取りなどの雑事を麻里が引き受ければいい。

コーヒーをすすり、麻里は壁の時計を確認する。十時になるところで、勇輝が大きなあくびをした。

「お風呂入っちゃおうか、ゆうくん、先どうぞ」

勇輝をうながした麻里がカップを洗っていると、勇輝が背後から抱きついてきた。髪を上げている麻里のうなじに、そっとくちびるを押し当ててくる。

「……明日出張なんだから、今日は無理しないの」

「無理したい」

「明日に響いちゃうよ」

「……じゃあ、こたつ買っていい？」

「まだいってるの？」

水切りカゴにカップを置き、麻里は勇輝を見上げた。

勇輝の部屋なのだから、買うと決めたなら麻里が口を出すことではない——そういいそうになったが、麻里は言葉を飲みこんだ。

「一緒に使うんだ、麻里がいらないならやめる」

飲みこんだ言葉を予測できているのか、勇輝の声はかたいものだった。

「いますぐ決めるんじゃなくて、今度家具屋さん見に行こうよ」

「……そうだな」

浴室に消える勇輝を見送り、麻里は布巾でカップの水滴をぬぐう。

勇輝のマンションは床暖房やエアコンで十分温かい。部屋にいる時間もさほど長くないのだ。こたつこたつと麻里に訴える勇輝の姿は、どことなくおさなく映った。

こたつで鍋をし、だらだら過ごして——確かに勇輝とのんびり過ごしたら楽しいだろう。一緒に使うんだ、と勇輝がいったとき、麻里は大学時代にそうしてみたかった、と思ってしまった。

勇輝もおなじように、過去のあの時間を取り戻したいと思っているのかもしれない。そのせいなのか、勇輝は性急に麻里を求めることが多い。くたくたになるまで勇輝に翻弄されて、崩れるようにふたりで毛布にくるまって眠るのは心地よかった。目を覚ますと熟睡する勇輝の顔がそばにあって、そのとき麻里は、いつも得もいわれぬ幸福感を覚える。

だが大学生のときの勇輝も、毛布にくるまって無防備に眠る顔を見せていたのだ——自分ではない恋人に。それも自分が逃げてしまったせいで。

いまさらそんな嫉妬めいたものが胸に現れるとは思いも寄らなかった。

勇輝の仕事も忙しくなる一方だ。彼が睡眠不足になるのは避けたいのに、シャワーを浴びた勇輝がトランクス一枚で麻里の前に立った。

「風邪引いちゃうよ」

「うん、風邪引かないように、はやくベッドであったまろうよ」

目を輝かせる勇輝に首を振って見せても、引き下がる様子がない。

抱きしめられると、勇輝の肌からすこし甘いボディソープの香りが漂ってくる。麻里は目を閉じて、彼の肩にほおずりをする。

勇輝とこうしているだけで、麻里は満ち足りた気分になった。

それなのに彼の身体に変化が現れたのを体感すると、胸でべつの欲望が首をもたげる。

それを知ってか知らずか、勇輝は下腹部のこわばりを知らせるように押しつけてきた。

「……だめ、なんだからね」

拒絶の言葉を発したつもりが、当の麻里にもそれは了承のように聞こえていた。

4

気に入って揃《そろ》えたものばかりの自室なのに、やけに寂しく感じる。

勇輝のマンションにいるときは、いつも彼の気配や物音がするからだろうか。

朝の身支度を終えた麻里は、カバンに勇輝の部屋の鍵があることを確認する。

玄関を出ると、あたりは静かなものだった。

アパートの裏手に保育園があり、平日は朝からにぎやかな歓声に満たされている。こどもを預けに来る保護者同士の話し声と、はしゃいだこどもたちの声。

会社が休みの日は、ゆっくりと朝を過ごし、遅めの昼食を取りに買いものがてら出かけ、のんびり時間を過ごすのが常だった。

はやい時間に出かけることは滅多になかった——勇輝と一緒にいるようになるまでは。

出張に出ている勇輝がこちらに戻るのは夕方だと聞いている。

どこかで待ち合わせることになりそうだ、と予想していたが、土曜日の朝、起床した麻里は、勇輝のマンションで彼を待とうと思いついていた。

思いつくと、身体が動くのははやかった。

勇輝の部屋を掃除し、夕飯の支度をしておくつもりだ。

朝から出かけていくなど、さすがに張り切りすぎだと自分でも思う。

通勤時に読んでいる文庫本をカバンに入れ、ほおを刺すような冷たい空気のなか、麻里は駅に向かって歩き出していた。


駅前に降り立ったときには麻里の気は変わっていた。

勇輝のマンションは繁華街のすぐそばにある。三十分も待てば、駅周辺のデパートが開店する。クリスマスも近いことだし、プレゼントの目星をつけておきたい。

駅ビルの一階にあるカフェに入り、時間潰しに麻里は文庫本を開いた。

勇輝になにを贈ればいいのか、まだ皆目見当もつかない。

彼のスーツは、どれもきちんと採寸されたオーダーメードのものだ。服装にこだわりがあるようでいて、部屋でくつろいでいるときの勇輝はかなり無頓着な格好でいる。

素直に欲しいものを訊《き》いてみるか、一緒に出かけて選んでもらうか。

なかなか開いた文庫本に集中できない。

頼んだコーヒーが冷めたころ、いっそこたつを買ったら喜んでもらえるのでは、と思いついた。……が、すぐ思い直す。だらけてしまう、と勇輝を諌《いさ》めていたのに、自分からこたつをプレゼントしたら本末転倒だ。

時間を確認すると、そろそろ十時になろうとしている。

残っているコーヒーを飲み、席を立とうとした麻里は硬直してしまった。

往来を行く前田の姿を見つけたのだ。

裾の長いコートでほそい身体を包み、まっすぐ前を見て進んでいく。彼女の姿が人混みに紛れてわからなくなるまで、麻里はじっとそちらを見ていた。

以前前田と出くわしたのも、ちょうどこのカフェの前だった。よくこの道を使うのか。

麻里はそっと席を立った。悪いことなどなにもしていないのに、前田が舞い戻ってなにかいってくるのではないか、と不安を覚える。会計をしながら、何度かウィンドウの方を振り返ってしまっていた。

すっかりデパートに行く気が殺《そ》がれてしまった。

駅ビルに入っているスーパーで生鮮食品を買い、麻里は勇輝のマンションにそそくさと足を向けた。

マンションのダイニングを掃除をしている最中に、勇輝からスマートフォンにメッセージが届いていた。五時ごろ戻れそうだ、というメッセージに、麻里はすでにマンションにいることを伝える。

帰ってくることはわかっていても、勇輝から連絡があればうれしくなる。勢いついた麻里は浴室も掃除していたが、洗剤を流したところで空腹を覚えた。

ダイニングに戻って時計を見れば、ちょうど正午になろうとしている。

簡単になにかつまもうと台所に立ち、ついでに夕飯のメニューをあれこれ考える。

買ってきたハムを味見がてらに口に運び、食パンの封を開けようとしたとき、インターフォンの呼び出し音が鳴った。これまでに来客があったことはない。宅配便だろうか、と麻里はモニタを確認しに向かった。

「……なんで」

モニタには前田が映っている。

口元を手で覆い、どうしたらいいのか決断できない。

前田が動いた。

呼び出し音が響き、モニタに映る前田がすこし苛立ったような顔つきになる。

応答しなければ、このままやり過ごせるのではないか。

麻里は離れた部屋にいるというのに、息を潜めていた。居留守などはじめての経験だ。心臓が気持ちの悪い鼓動を打ち、後ろめたい気分になってくる。

ふたたび前田は呼び出し音を鳴らし、それからなにやら自分のカバンから手帳らしきものを取り出している。

「無視したら……だめ、かな」

音も聞かなかったし、モニタも確認しなかった。それではいけないだろうか。

おろおろしながら麻里が見守るモニタでは、前田が手帳に文字を書いてカメラにしめしていた。

そこには「春原さんいるんでしょう?」ときれいな字で書かれている。

「ど……どうしよう」

モニタ越しに見ていることをわかっているのか。またインターフォンが鳴った。麻里はどうするか決めかね、何度も受話器を取ろうとしてためらう。モニタの先にいる前田の眉間にしわが入るのが見えて、麻里の手は応答ボタンを押していた。

「……はい」

『すこしお話をさせていただきたいのですが』

険のある目元と、棘《とげ》のある声に臆しそうになる。

「あの、いま勇輝さんは出ておりますので」

どうしてだか彼女は麻里が勇輝の部屋にいると知っている。麻里としては彼女とふたりで会うなど避けたい状況だが、逃げてはいけないと——逃げたくない、とも思っていた。

『存じております。春原さんにお話があります』

こそこそすることなどなにもない——はずだ。

「どうぞ」

麻里はエントランスの扉の鍵を解除する。

モニタ前から前田の姿が消えてから、麻里は部屋を見渡した。

彼女を上げたくなかった。勇輝の部屋なのだから勝手な真似はできない——と思うと同時に、自分と勇輝の場所に他人を入れたくない、と思ってしまう。玄関先で話をするのではいけないだろうか、玄関の掃除はまだだし、食べかけになっていたハムのトレイは出しっぱなしになっている。

はやまったかな、と後悔したところで部屋のインターフォンが鳴った。

『前田です』

玄関を開けると、今朝見かけた姿そのままの前田が目の前に立っていた。モニタで見たような、険のあるまなざしはそこにはなかった。

「あの」

「ここで結構です。家主のいらっしゃらない部屋に上がりこむ気はありません」

「どうして、こちらの住所を」

開けたままのドアから、おもての冷たい風が入ってくる。

「親類の持っている物件なんです。偶然木原さんが入居して」

麻里は眉をひそめた。

「そんな顔なさらないでください。本来なら……オーナーがそんな情報を私に話すことが間違っているのは、わかっていますから」

わかっていながら、彼女は訪れた。

「それで、どうしてわざわざ」

「……私の勤め先がこの近くにあります。今朝、このマンションに入っていくところをお見かけして」

「あ、それじゃ……前に駅前で会ったのは」

「仕事帰りです。今日も不作法とは思いましたが、きちんとお話したいと思いまして」

「お話といっても……」

麻里はどうしていいかわからない。

「私は木原さんとの婚約を解消するつもりはありません」

きっぱりとした言葉に、麻里は前田の目を見た。

「私は勇輝さんから婚約はしていないと聞いています。ですから、彼といま一緒にいるんです」

「確かに結納はまだです。ですが……私の両親も私も、周囲もそうなのだと思ってこれまでやってきています」

「なにか行き違いがあった、ということですか？」

「明確な否定はなかったんです、これまで。木原さんからも、木原さんのお父さまからも一切」

「それは……否定するまでもなかった、ということではないでしょうか。婚約を事実だと思っていればわざわざ否定するかもしれませんが、そう考えていなかったから……」

「いまさら無責任すぎます！」

前田の大きな声に、麻里は身をすくませる。

「親や家の意向ではじまった話ではありますが、私は木原さんと添い遂げようと思います。周囲もすっかり私たちが婚約していると思っているのに、いまになってたちの悪い冗談のような扱いをされて……こちらにどうしろと？」

「あの、前田さんは……もしかして、勇輝さんのこと」

かすれた麻里の問いかけに、前田は睨《にら》みつけてきた。

やっぱり、と腑《ふ》に落ちた。

彼女は勇輝に思いを寄せている。自分たちが婚約したものと思っていた。彼女は婚約を喜んでさえいたのではないか。

それを突然なかったことにしろと勇輝にいわれ——怒りもするだろう。

しかしだからといって麻里が引き下がる理由にならない。

「わ、私は……大学のときに勇輝さんと知り合って、それからずっと……好きでいて。婚約していると聞いて一度はあきらめたんです。でも彼にそれは間違いだから、と。婚約が正式なものでない以上、私が前田さんに責められたり、別れたりする必要はないです」

舌は動くが、頭にあるものをきちんと伝えられているのか不安になる。

「大学のときに知り合ったというお話は、先日木原さんからうかがいました。ですが私は……中学生のときから彼のことを見ていました」

「中学……」

「ええ、おなじ中学に通っていたんです。そのころから……」

ぎゅうっと胸の奥が重く痛んだ。

ずっと思っていた相手と婚約できたとなったら、どれほどうれしいか。大学時代から胸に秘めていた思いが成就して、麻里は心底うれしかった——いまも、うれしい。

彼女のつらい気持ちが理解できるようで、麻里はうつむきかけたが顔を上げた。

つらさがわかるからといって、前田の言い分をのむことなどできないのだ。

「遊び相手とか火遊びとか……勇輝さんと私の交際をそんなふうにおっしゃってましたよね。とても勇輝さんのことを好いてるひとの使う言葉だとは思えません」

前田は麻里のことを怒っていた。横から好いた相手をかっさらうような真似に見えただろう、だが麻里も彼女の話を聞いていて怒りを覚えている。

大学卒業後、麻里が離れていた間も、彼女は麻里よりは近くにいたはずだ——婚約話しが周囲に認知されたくらいなのだから。

なのに勇輝との距離が詰まらなかったのなら、それは婚約しているようなもの、という自分の立ち位置に驕《おご》った前田のせいだ。そう胸のなかで断じてしまっていた。

前田のことを魅力的だと麻里は思っている。

容姿もうつくしく、家柄もある。いまのように麻里に直談判をしにくるのだって、勇気が必要だ。

——麻里を牽制《けんせい》することはできるのに、勇輝に恋心を伝える勇気はなかったのだろうか。

「前田さんがいらしたことは、きちんと勇輝さんに伝えさせていただきます。私は……彼と離れるつもりはありません」

前田が鼻白むのがわかった。

「お引き取りください」

数度瞬き、そのたびに前田の目が怒りを帯びるようだった。

「私は婚約を正式なものにできるよう、動くつもりでいます」

勇輝の気持ちのないところで話を進行させようという前田に、麻里は不快感を覚えた。

「私は彼とつき合って楽しい思いをしたいわけじゃありません。私は彼の妻になるんです。妻になるのが私である以上、それ以外はみんなただの遊び相手です」

「なにをいって……」

麻里は驚いてしまった。そんなもの、妻でもなんでもない――そんな考えが頭をよぎる。

「お……落ち着いてください」

「私は落ち着いています。木原家と前田家の結婚というのは、そういう覚悟だっていることです。地元のために生きて、尽くす覚悟が要ることでもあります。私は彼のことを愛しています。だから……覚悟だって決められる」

わかっていないのはおまえだ、とでもいうような、冷たい迫力を宿した双眸《そうぼう》を向けられ、麻里は一瞬頭のなかが真っ白になっていた。

「彼だってわかるはずです。浮ついた気持ちだけでは、この土地で仕事をしていくのは難しい。それがわからないほど、彼は愚かではありません」

「前田さんがなんといおうとここは勇輝さんの部屋で、鍵を預かっているのは私です！」

麻里は声を張り上げていた。

「今日だって、私が鍵を開けなかったらあなたはここに入れなかった。彼がそばにいてほしいと思っているのは……選んだのは、私です」

前田はなにもいわない。彼女の目に傷ついた色が浮かんで、それを認めながらも麻里の舌は止まらなかった。

「私はゆうくんのそばから離れません」

いってしまってから、自分が頭に血が上っている、と猛烈に自覚した。

一度自覚すると、急激に頭が冷えた。近所の手前を考えず大声を出してしまったことや、外気ですっかり冷えた自分の手足の痛みに思考が行く。

「今日は突然失礼しました。お見かけしたのでつい……私は春原さんのご希望を聞きに来たわけではありません。こちらの立場をお話ししなければと思ったので」

頭を垂れ、そして顔を上げた前田の表情は訪れたときとおなじ平坦《へいたん》なものに戻っている。

見送る言葉もなにもない麻里の鼻先で、玄関のドアが閉まった。

あわててドアを開けると、すでに前田は背を向けてエレベーターホールへと歩き出している。結局、声もかけられず、麻里は黙ってその姿を見送るしかなかった。

麻里は誰かと争うことに慣れていない。激しい言葉をぶつけたり、ぶつけられたりすることにも。

玄関ドアを施錠しダイニングに戻ってみると、身体はすっかり冷えていた。

勇輝が無性に恋しくて、麻里の足は自然と寝室に向かっていた。

まだ寝室の掃除は手つかずだった。出かける前に勇輝が散らかしたのか、寝間着兼部屋着のスウェットがベッドに放り出してある。

それを抱きしめ、麻里は毛布にくるまった。爪先は冷たく、わずかに痛んだ。

目を閉じると、かすかに勇輝のにおいが鼻腔《びこう》をくすぐった。

勇輝のにおいに包まれているうちに、麻里は落ち着きを取り戻していく。それと同時に、睡魔が忍び寄ってくるのがわかった――時間にすれば短いやり取りだったが、確実に麻里は疲弊させられている。

シンクに出しっぱなしになっているハムのことが頭をよぎった直後、麻里は眠りに落ちていた。

帰宅した勇輝は、麻里を見るなり表情を曇らせた。

「顔色悪いな……風邪でも引いた？」

「そう？　大丈夫だよ」

とぼけた声を返すが、じつは頭痛がしている。

前田と玄関で相対したとき、ずっと冷たい風に当たっていたからかもしれない。薄着でいたためだろう、寝室での短い昼寝から目を覚ましたときには、すでに頭が痛かった。

六時には帰れる、と予定より少し遅れるという連絡が勇輝から来たタイミングで、麻里は鎮静剤を飲んでいる。薬は化粧ポーチに入れたままになっていたものだ。じわじわと効いてきて、いまは頭痛というより違和感がすこし残るていどに落ち着いている。

浴槽に湯を溜《た》めに行っている間に、勇輝は着替えをすませていた。スーツ姿のときはりりしい顔が、気楽な格好になるとたんに親しみやすいものになる。

「ゆうくん、お昼ごろに……」

「ああ、なんか前田さんから連絡あったよ。麻里になんか失礼なことしたって」

先に勇輝から前田の名前が出て驚いた。

「連絡？　え、前田さんが？」

「仕事用の番号教えてて、会社にいるときとか出張中はそっちの電源入れてるから」

勇輝はブリーフケースに手を入れ、折り畳み式の携帯電話を取り出す。最近はどこの売り場もスマートフォンばかり並んでいて、折り畳み式携帯電話はもの珍しく見えた。

「スマホも一緒に持ち歩いてるけど、こっちの番号も教えとく？」

「仕事用なんでしょう？」

教えてもらっていいのだろうか。麻里は抵抗があったが、勇輝は気にする様子はない。

「念のため。カメラ持ちこめないような商談のときは、スマホは持っていられないから」

くるりと勇輝の手のひらで回転した携帯電話には、カメラがついていなかった。

「商談中に連絡するのって、ない方がいいよね……」

「確かに。だから、念のため」

番号をメールで送ってもらった。自分のスマートフォンに登録し、麻里は尋ねる。

「前田さん、なんて……」

「さっきいったそのまんまだよ」

「ゆうくんの番号知ってたんだ……」

「うん、こっちの番号は」

勇輝は携帯電話を振って見せる。

「麻里と会ってちょっと失礼ないい方をしたので、っていってた。前に麻里が前田さんにへんなこといわれたじゃないか」

「駅のところにある、カフェの……？」

「そうそう、俺と待ち合わせてたときに。あの後も麻里につっかかるの止めてくれ、って話したんだけど」

「そんな話してたの？」

驚いた麻里に、勇輝は素直な態度でうなずいた。

「当たり前だろ。麻里がへんなことといわれて、俺すっごいむかついてたんだぞ」

勇輝からはそんな気配をまったく感じていなかった。

自分不在のところで、こちらの側に立って話をしてくれていた。それは照れくさくなることだった。ありがとうというべきか、うれしいというべきか。麻里が照れ笑いを浮かべたとき、ちょうど浴室から軽快な音楽が聞こえてきた。

「先にあったまりなよ」

浴槽がいっぱいになった合図だった。勇輝が背を押してくる。

「ゆうくん先に入りなよ、出張から帰ってきて、疲れてるでしょ？」

「さっきまで顔色悪かったひとが先に入ってください」

でも、といいかけた麻里の背をさらに押し、勇輝が笑う。

「荷物整理だけしちゃうから、先に入ってなよ。整理したら俺も風呂にするし」

「うん……じゃあ、先にお湯いただいちゃうね」

素直にしたがい、浴室に向かった。

洗面台の鏡に映った麻里は、さほど顔色は悪く見えない。頭痛もだいぶ楽になった。

洗面所の棚に、ふたり分の下着やシャツが収納してあった。勇輝の部屋に手を加える真似はすこし気が引けたものの、部屋のあちこちが麻里のやり方で整っていくのはうれしい。勇輝に受け入れられている気分になる。

麻里は手早く身体を流すと湯船に身を投じた。借りているアパートの浴槽より、勇輝のマンションの浴槽の方が広い。足をのばしてなお余裕がある。

身体をのばした麻里は、大きく息を吐く。温かい湯に全身を沈ませると、緊張し強張っていた心身が、ほどけるように楽になっていく。入浴剤を入れればよかったな、と後悔するがもう浴槽から出る気にならなかった。

戸の向こうから物音が聞こえ、麻里は浴槽で身を正した。扉の磨りガラスの先、服を脱いでいる勇輝の姿がある。めずらしいことではなく、麻里は浴槽の縁にあごを乗せた。

間を置かずにドアが開き、勇輝が入ってくる。

「おまたせ」

「……待ってないですぅ」

「一緒に入ろうよ」

一切身体を隠そうとしない勇輝から、つい目を逸らしてしまう。

ほんの短い時間なのに、目にした勇輝の身体のせいで胸に疼痛《とうつう》が広がる。均整の取れた身体に、思わずふれたくなる。実際にふれるときは、いつも麻里が組み敷かれているが。

「たくさん一緒にいたいじゃん」

麻里の返事を待たず、勇輝は椅子に腰をかけると身体を洗いはじめた。

「急にゆうくんが入って来ると、驚いて転びそうになるんだから」

「はい、これ」

スポンジを差し出されて、麻里は受け取る。浴槽に身を沈めた体勢で手をのばし、勇輝の背中を洗った。

「ありがと」

シャワーで身体の泡を流す勇輝の下腹部で揺れるものに、つい目が吸い寄せられた。

勇輝の動きに合わせて揺れるそこは、すでに大きくふくらんでいる。

「……えっち」

勇輝はシャワーを止め、浴槽に片足を入れながらそういった。

「え、えっちなのは、そういうこと考えてるゆうくんじゃない？」

「うん、麻里と色々そういうことする、って考えてる」

ふたりが身体を沈めると、広い湯船から大量の湯が溢《あふ》れて流れ出る。

背後で腰を下ろした勇輝の腕にしっかり抱えられる。浴槽の湯が静かになるころには、麻里は彼のひざにすわっていた。

「麻里、ただいま」

密着した腰の下あたり、かたくなった勇輝が押しつけられているのを感じる――が、麻里は気がつかないふりをすることにした。

「出張疲れた？」

「まあ、色々予定詰めこんでるから、けっこう慌ただしかったな」

すこし身体をずらすと、勇輝の手が引き戻しにかかる。それを数度くり返した結果、麻里はおとなしく勇輝に寄りかかることにした。

「前田さんとどんなこと話したの？」

「え……」

どう話すか迷ってしまう。

前田は勇輝を好きで、あきらめたくないのだ――他人の恋愛感情を口にするのははばかられるし、彼女が思いを向けている先は勇輝だ。

「な……ないしょ」

「俺に隠しごと？」

背後から手がまわってきて、麻里の乳房を湯のなかでわしづかみにする。

麻里はくちびるを嚙《か》み、胸と下腹部の疼きをこらえようとした。

「……っん……」

「ここに訊いたら、教えてくれる？」

やわらかい乳房をもみしだく指が、眼下で移動する。かたくなっていた先端を同時につまみ上げ、刺激を与えてきた。

「あ……ん……っ」

今度は勇輝の片手が下へと移動した。行き先はわかっていて、麻里は自然と腰を開いてしまう。背後から耳の後ろをなめられて麻里がうめいたとき、勇輝の右手が淫花の敏感な場所にたどり着いた。

「ひ……ぁ……あ！」

蕾《つぼみ》をゆっくりと刺激され、麻里の腰が反応した。浴槽の湯が波立った。

「こっち?」

「いぁ……っあ、だめぇ……」

「なんで?　いいづらい?」

肩越しに見上げた勇輝に向かってうなずく。

「そっか」

短くつぶやき、勇輝は麻里を抱いて立ち上がろうとする。一瞬安定感を失って、麻里はあわてて壁に手をついていた。

「な……なに?　えっ」

振り返ろうとすると、勇輝の手に押し留められる。

「壁に手、ついてて」

「ま、なんで……待って」

「待たない。ほら」

後ろから肉杭《くい》を突き立てるつもりだ、と理解した麻里の身体は、腰を突き出すはしたない体勢になっていく。

剝き出しになった淫花に、勇輝は熱いものをあてがってきた。息を吐く音が聞こえる。

麻里の心臓が高く打った。隧道《ずいどう》よりずっと大きなものが侵入しようとしている。

「……あぁ……あ！　あっ」

湯で温められた、いつもより熱く感じる肉茎が、麻里の最奥までゆっくりと進入する。猛りにじっくりと肉襞《ひだ》が左右に押し広げられた。麻里の身体は待ちかねていたかのように、全身に快感を伝えていく。

「う、ぅん……っ」

「あっつ……」

勇輝の呻《うめ》く声は、すぐ腰が打ちつけられる音にかき消された。

浴室ではひどく音が響く気がして、麻里は懸命に声を殺していた。

「……んっ、あん……っあ……」

灼熱《しゃくねつ》にかき乱され、麻里の理性が焼き切れそうになる。勇輝の激しい腰つきに合わせ、麻里も腰をくねらせはじめていた。

「そんなふうにしたら……っ」

膣《ちつ》内で勇輝が大きくうねった。熱いものが放たれる感覚がある。

一足先に達した勇輝に抱えられ、麻里は湯船に沈んでいく。彼のひざにすわった麻里の淫肉は、勇輝をくわえこんだままだ。深い部分で勇輝とつながっていられてうれしくなる。

荒い息を吐き、勇輝は麻里の耳やうなじにくちびるを寄せていた。

「前田さんから、なに話したか聞いてる」

「……ほんと？」

ふふ、と鼻にかかった声で勇輝は笑った。

「前田さんにいったこと、麻里から直接聞きたい」

「お……覚えてないものっ」

知っていてわざわざ訊くなんて意地悪だ。

「怒らないでくれよ、俺だって麻里と離れるつもりないよ」

機嫌のよさそうな声だ——麻里が立ち上がって浴槽から出るのを、勇輝は止めなかった。

「麻里、後ろ姿もすごくきれいだ」

「もお！　じろじろ見ないの！」

大きな声が出てしまった。どうしてこんなにも頭にくるのか。

麻里は乱暴な手つきで身体をぬぐい、着替えるとダイニングに向かった。

知らないふりをして、からかわれたなんていやになる。前田と対面してあんなにも緊張して、あんなにも疲れて。なのに全部軽んじられた気分になっていた。

浴室から戻った勇輝から、さっきの機嫌のよさは消えていた。今度は気落ちしたような顔をしている。

「麻里、怒った？」

怒っているというより、がっかりしていた。

それを口にするのも癪《しゃく》で、勇輝を安心させてやるのも癪で、麻里は抱きしめようと手を広げた勇輝から距離を取った。

「麻里」

「……ご飯の支度、するから」

低い声で返し、麻里はキッチンに立った。

仕込みはすんでいるから、さほど時間はかからない。調理する短い時間に、自分の気持ちが浮上するのか見当がつかなかった。

下味をつけた肉を冷蔵庫から出していると、勇輝が横に立って麻里の顔をのぞきこむ。

「俺も一緒にご飯つくるよ」

「いいよ、ほとんどやることもないし」

「だめ？」

「……だめなんじゃなくて、やだ」

「……ごめん、機嫌直してくれよ」

「やだ」

そんな言葉を返した自分がいやになる。

「麻里が俺から離れない、って……そういったって前田さんから聞いて、すごくうれしかったんだ。ごめん、はしゃぎすぎた」

麻里はくぐもった声で「うん」とつぶやいた。

湯を沸かす用意をし、準備していた食材をふたりでシンクに並べていると、勇輝がかけてあるラップを剝がしながら口を開く。

「麻里といられて、俺……うれしいんだ」

手にしていたボウルを置き、麻里は耳をかたむける。

「昔、恭子ちゃんとつき合ってたとき、すぐにやっぱりこの子は好きじゃないって思うようになって……たぶんあの子のこと、不必要に傷つけた」

急に恭子の名が出て、麻里は驚く。

「別れ話したら、恭子ちゃんぜんぶわかってたっていってた。俺が麻里のこと好きなんだろう、って察してたんだって。つき合えばなんとかなるんじゃないか、そう期待してたんだって。だけど一緒にいても、俺は全然恭子ちゃんの方見なかったらしくて、苦しいって泣いてた」

麻里を一瞥《いちべつ》した勇輝は、すこし気まずそうな顔をしていた。

「……泣いてる恭子ちゃんを見ても、正直つらくなかった」

火にかけた鍋がことことちいさな音を立てはじめた。勇輝は火を止める。

「頭では、泣かせて悪かったって思ってるところもあって……俺、恭子ちゃん利用してたわけだから。麻里に告白して振られるかも、って逃げなければよかったんだよな」

勇輝の背をなでると、彼は言葉を続けた。

「もうそういうのいやなんだ。好きでもない子と一緒にいて、後悔して、でもそれって相手のこともないがしろにしてるのとおなじだろ?」

麻里の手をにぎり、勇輝は笑顔をつくった。

「麻里が俺と離れないっていってくれたの、うれしかったんだ。ごめん」

首を横に振った麻里は、佐恵子に紹介されてつき合った男性の顔を思い出そうとしたが、うまくいかないでいた。

短い時間一緒にいて、別れることになったときは肩の荷が下りたような気分だった。ひとりになって気が楽になったのだ。彼といると勇輝を思い出す機会が多かったし、騙《だま》しているようで気が重かった――それもそうだ、実際騙していたようなものだった。いいひとだったが、麻里は愛していなかった。愛そうという努力もしていなかったように思う。

「私も、大学のときに、正直になって……もっとゆうくんに近づいてればよかったって思ってた」

「……うん」

「もっとはやく、ゆうくんとつき合いたかった。ご飯食べて、手つないで、いろんなもの共有したかったよ」

言葉が終わるや否や、勇輝に抱きしめられた。

何度も麻里の名を呼び、勇輝はひたいやほおにくちびるを押しつけてきた。

強烈な波が身体の内で一瞬荒れた。麻里はあわてて勇輝の腕を振り解く。

「だ……っ、だめっ」

甘い余韻がある。余韻が引いて行くのが口惜しい――それは麻里の欲情を誘うのに十分な感覚だった。

「麻里？　どうしたんだよ？」

「だ、だって」

顔が赤くなっていく自覚があった。

正直に口にするのは猛烈に恥ずかしかったが、正直であったら、と後悔を確認したばかりだ。麻里は思い切ってみる。

「さ……さっき、えっちなことしてたからかな……へんに……か、感じやすす……」

最後までいう必要はなかった。勇輝の表情が、一気に明るいものに変じていった。そしてすばやく麻里の腰を捕らえ、引きずるようにしてソファに連れて行こうとする。

「ゆうくん……っ？」

「続きしよ、ご飯の前に」

「お風呂でしたじゃない！」

「あれはあれ、これはこれ」

勇輝は麻里にソファの背もたれに手をつかせると、性急な動きを見せた。麻里のイージーパンツを下着ごと引きずり下ろし、自分のイージーパンツもずり下げる。

驚いたことに、勇輝のそれはすでに猛っていた。

確認した次の瞬間には、上向いたそれを麻里の肉襞に押し当ててくる。

「い、いきなりすぎるよ……！」

「そうか？　麻里のここ、ぬるぬるになってるけど」

「う、うそ……」

嘘《うそ》ではなかったようで、ぬるり、とスムーズに勇輝の肉杭は沈んできた。

「う……ぁあん……っ」

「身体って素直だよな」

肉杭の先端が奥に当たっている。さらに鈴口を押しこむみたいに腰を動かされ、麻里は顔をうつむかせた。抗えないほど魅惑的な快感が広がっている。求める言葉がのどから出てきそうで怖い。

「んっ……くぅ……ん」

「こんなふうに、麻里がほしくて……すぐガチガチになる」

沈み、引き抜かれ、抽挿に湿った音が上がる。それに合わせて麻里ののどは短い悲鳴に似た声を漏らしている——漏れてしまう。

「あっ……んん……んっ」

「昔の分も、麻里が欲しいんだ」

「ゆう、く……あう……私も、ほ……欲しいよ……っ」

はしたない場所が勇輝で満たされている。それだけで強い幸福感を覚える。彼が動き、性感が高まっていく。淫花を蜜でぬかるませ、麻里はソファにしがみついた。

浴室で勇輝を受け入れていた蜜壺《つぼ》は、快感をたたえすぎてもう壊れてしまいそうだった。

「や……だめぇ……っ！　も、だめ……っ、だめ……！」

切なくなって叫んだ麻里の媚《び》肉をさらに苛烈にえぐる勇輝の腰に、高まっていた麻里の性感は限界だった。

「いく、の……ぁあっ、あっ……っああ！」

数度身体を痙攣《けいれん》させ、麻里は達していた。

意識が霞《かす》み、勇輝が麻里の内側で精を放つのを感じる。

「麻里……っ」

背中にのしかかってきた勇輝に名を呼ばれ、麻里は満ち足りた気分になっていた。

●

マンションを出たときはあいにくの空模様だったが、新幹線の席に落ち着くころには快晴となっていた。

元々麻里たちが暮らしているI県は、観光地として有名な場所だ。

県外から様々なひとびとが訪れる。

風光明媚な土地があり、足を運ぶに値する食文化がある。……が、そこに暮らしているとあまり足を向けなくなるものだ。

県の中心地であるK市はもちろん、路線や幹線道路で結ばれた近郊にも、名所や温泉地が並んでいる。

最初勇輝から近場で旅行でも、と誘いがあったとき、そのどれもが頭をよぎった。近年新幹線が開通し、それに乗って名所のどこかに行くのかと期待したが、まだ開通していない逆方向に向かうとのことだった。

勇輝は俺に任せて、というので、手配はすべてお願いしてしまった。

旅行の前にそれとなく尋ねてみても、こまかい予定を麻里に教えようとせず、楽しみにしててよ、と微笑むばかりだった。勇輝に任せよう、と麻里も追求しなかった――なにより、彼と一緒だったら、行き先はどこであっても楽しそうだ。

一泊の予定なので、荷物はすくなかった。小振りのキャリーカートにふたり分の荷物がおさまってしまい、いまは勇輝のかたわらに置かれていた。

ふたりで特急列車のグリーン車で肩を寄せ合い、車窓を流れる景色に目を向ける。

観光地をいく路線のため、車両はひとで溢れている。麻里たちは並んだシートに腰を下ろし、手をつないでおたがいにだけ聞こえる声量で会話をする。取るに足らない、目に映ったものを確認し合うだけの会話。

旅行にでも、と勇輝がいい出したのは、麻里にすれば急なことで、先週末の勇輝が出張から戻った晩のことだ。ベッドのなかで麻里の手をにぎり、切り出してきたのだ。

今年のうちに個人的に見ておきたい場所を巡るから、よかったら一緒に、と。

仕事の出張と違い、私的な旅行だという——ただ仕事関係の場所にも足を向けるという。私的なものだというなら、麻里が気兼ねすることもない。訊けば、窯元を訪ね、その周辺を観光するという。

気楽な旅行だと言葉を重ねるので、麻里は同意したのだった。

窯元をまわると聞いていて楽しみにしていたが、麻里はどこをまわるのか尋ねるのは止めていた。

名前を聞くと、おそらく会社で見聞きした製品が浮かんでしまう。現地に着くまではなにも知らせないでほしい、と勇輝に頼むと、彼は笑顔で了解してくれた。

麻里は原の顔を思い浮かべていた。

電話で話した翌日には、麻里が彼氏と半同棲《はんどうせい》をしている、と女性社員で知らないものはいない状態になっていた。

昼休みに昼食を買いに出ようとしたとき、まず布瀬に呼び止められて「彼氏の分とまとめてお弁当つくったら?」と話しかけられたのだ。

するとほかの女性社員も一緒になって、彼氏との生活についてあれこれ麻里に尋ねはじめた。麻里は困ってしまい、その場を逃げ出してしまった——追求や吊《つる》し上げみたいなことはされなかったが、ちょくちょくからかわれるのですこし居心地の悪い思いをしている。

「会社でね……」

麻里は社内での状況を話した。

「俺とのこと、話したっていいよべつに。隠すことでもないし」

勇輝は気にする様子がないが、麻里はからめた指に力をこめる。

「前田さんと婚約してる、ってみんな思ってるのに？　うかつに口に出したら、へんな誤解招きかねない気がするの。ゆうくんに迷惑もかけそうだし」

私的な旅行だ。

でも勇輝と前田の顔を知る人物が、たまたまここに居合わせたらどうだろう。

婚約者以外の女と手をつないでいる勇輝を見たら。

麻里は勇輝から離れない、と決めた。だから、手をつないだ特急列車の座席でもくつろげている。

「でもさ」

勇輝もまた、指に力をこめてくる。

「こそこそすることでも、ないよ」

目を向けると、勇輝は屈託のない笑顔を浮かべた。

「……そろそろ着くな」

勇輝がつぶやくと同時に、降車駅への到着を知らせる車内アナウンスが流れた。


予約してあったレンタカーをS駅で借り、勇輝の運転で出発した。

車は駅に背を向け郊外へと進んだ。

駅を出るときにもらった、地元名所が一覧になったパンフレットを麻里はめくる。陶芸の博物館もある場所で、てっきりそちらに向かうのだろうと予想したが、車はべつの道をひた走っている。

なにも教えないで、と頼んだ手前、行き先を尋ねるのはどうかと迷っていると、勇輝が口を開いた。

「パンフには載ってないと思う。でも車で一時間かからないはずだから」

一時間後にこたえがわかるなら、と麻里はパンフレットをカバンにしまった。

出発したときの天気が嘘のような快晴が広がっている。色味の薄い青空の色がいかにも寒そうだ。

「今年はちょっと忙しいけど、来年はスキーに行きたいな」

「スキーかぁ。もうじき本格的に寒くなるものね」

すでにちらほらと雪が降ることがある。積もるほどの強い降り方ではないが、年を越すころには積もりはじめるだろう。

就職してから麻里はなんとなくスキーから遠ざかっているが、勇輝はシーズン中は頻繁に楽しんでいたようだった。

「なにか運動はしないの？」

「ああ、前はジムに通ってたけど……」

「いいの？　時間ない？」

「……麻里といるし、べつにいいかな」

「もしかして、私に時間割いちゃってる？」

それなら遠慮しないでジムに行ってくれてもいいのに。麻里が考えたことに先んじて、勇輝はあわてたように打ち消してきた。

「麻里のせいとかそういうのじゃなくって……」

いいにくそうだったが、麻里は黙って続きを待った。運転している勇輝の横顔を見つめていると、もごもごとくちびるが動く。

「……なんていうか、性欲がさ、トレーニングしてると……俺の場合、なんとかなっちゃって」

我が耳を疑ったが、勇輝は麻里を横目で見、すぐ前方に集中する。

「いまはその……麻里がいてくれるわけだし、なんとかしなくても……」

えへへ、とごまかすみたいに勇輝は笑い、麻里は笑えなかった。

勇輝は性欲が強いのでは、と薄々思っていたものの、麻里には比較対象がほとんどない。二十七歳の男性というのはこういうものなのか、と漠然と考えていた。

肌を合わせれば勇輝は執拗《しつよう》で、たいてい一度ではすまない。知らぬ間に、思いも寄らないタイミングで欲情していることも多かった。するりと服の下に手を入れてきて、あっという間に麻里を組み敷くので油断できない。麻里としてもいやではないが、たまに困ってしまう——終えて入浴したと思うやもう一度求められたり、マンションのベッドで朝目覚めると、すでにたくましくした勇輝が麻里の起床を待っていたりする。

「……せっかく鍛えたんだから続けてみれば？　まだまだ忙しそうだし、体力落ちたら大変そう」

「体力落ちるかなぁ」

「そんなイメージない？」

「まぁ、トレーニングしてると、たしかに疲れにくい気はするんだけどさ」

ふんふん、となにやらひとりうなずいている。

ちょっといやな予感がしたが、道の先に立つひとの姿に麻里の思考は分断された。

まだ距離があるのに、そこに立つ女性は一心に手を振っている。

「……佐恵ちゃん？」

まさしく麻里の知っている佐恵子そのひとで、驚いて横を見れば、運転席の勇輝は微笑んで麻里を一瞥したところだった。

「三浦のとこが、体験コースと見学をやってるっていうから」

佐恵子の前で車は減速する。脇に入る道を指差し、佐恵子は先に行くように身振りでしめした。

そのとおりに道を進むと、まばらに民家の並ぶ先に目を引く建物があった。

大きさは民家とほとんど変わらないが、様式が違っている。オープンカフェのような見た目で、隣接する駐車場に何台か車が止まっていた。

麻里たちも駐車場で車を降りた。

麻里は建物をまじまじと眺める。前面がすべてガラス張りになっていて、なかはほんとうにカフェらしく、店内には食事を取る客が数組滞在していた。

いっぷくどう、と木の看板が立てかけてあって、そちらに近づきかけた麻里を勇輝が制した。自転車に乗った佐恵子が追いついてきたのだ。

「ひさしぶり！」

自転車を止めた佐恵子が着けているエプロンにも「いっぷくどう」と縫い取りがある。

「なに、なになに、お店はじめてたの？」

まったく知らなかったので、麻里は驚いていた。

「そうなの！　うちでつくってる食器で料理出して、奥で展示もしてるんだよ」

「いつから？　全然知らなかった」

ぞろぞろと入り口に向かうと、店のなかから三浦が顔を出した。佐恵子とおなじエプロンをしていて、笑顔で出迎えてくれる。

「先月からはじめたの。麻里ちゃんにも話そうと思ったんだけど……」

佐恵子が勇輝の方をうかがった。

「……麻里を連れて行くから、それまで内緒に、ってお願いしたんだ」

店内の席はいくつか空いていたが、麻里たちは奥に通された。

店は白と赤で統一した、めりはりのある内装が使われていた。客席の奥に陶器の並ぶ白い棚があり、背後の壁を抜けると従業員用と思しき簡素なスペースが現れた。

「もっとはやく教えたかったんだけど……」

歯切れの悪い佐恵子の言葉を、三浦が引き継いだ。

「俺が余計なことといったせいで、木原と春原さん、もめちゃったでしょ？　だから木原怒っちゃって……なぁ？」

「怒らないわけないだろ」

余計なこと――前田との婚約話を教えてくれた件か。

思い当たった麻里は笑いながら勇輝を振り仰いだ。だが彼の目つきは険しく、それが三浦に注がれていた。麻里の笑いは引っこんでしまった。

「親切な忠告のつもりだったか？」

「それは……その、悪かったって」

おそらく麻里の知らないところで、ふたりでやり取りがあったのだろう。そして三浦が白旗を揚げた――目の前の三浦のばつが悪そうな表情で、なんとはなしに察せられた。

「麻里に忠告する前に、俺にひとことあればよかったことじゃないか？　婚約してないって話していた俺の言葉は全部無視して、よく親切面ができたな」

勇輝の声は低く、怒りを剝き出しにしていた。

「なんで俺がなかなかここのことを麻里に話せなかったかわかるか？　おまえが麻里にひとこと詫《わ》びの連絡を入れるのを待ってたんだよ」

あ、という顔を三浦と佐恵子がする。

「俺がなにもしてないおまえの言い分を無視して、もし花嫁に親切な忠告でもしていたらどう思う。ほかに女がいるみたいだぞ、とでもいったら？　そんな真似でもされないと、想像もできないか？」

大声ではないが、三浦を萎縮させる殺気が勇輝の声にはあった。麻里は壁の向こうの客に聞こえやしないかと冷や冷やしていた。

「ゆ、ゆうく……」

自分はもうなにも気にしていない。そう説明しようとしたとき、三浦が動いた。

「その、木原のいうとおりです。春原さん、すみませんでした」

三浦が頭を下げると、佐恵子もおなじく頭を下げた。

「私ならもう平気です、さ……佐恵ちゃんまで……」

「だって、私の方は私の方で、おばさんが失礼しちゃったから……」

「おばさま、わざとしたわけじゃないから」

「今度お詫びしたいって」

麻里はぶんぶんと首を横に振る。

「ほんと平気！」

気を遣わないでほしかった。過ぎたことを蒸し返しても、いいことなどない気がする。

勇輝が三浦に苦い笑みを向けた。

「食事させてもらって、そのあとは工房に」

「ああ、こっちもそのつもりだし……席はここでもいいかな。店員の休憩所なんだけど、これからちょっと混み合ってくるから」

勇輝の腕時計をふたりでのぞきこむ。そろそろ一般的な昼食の時間だ。

「日替わりプレートでもいい？　その日のおすすめになるの。今日はチキンがメインね」

そういいながら佐恵子がメニューを差し出してくる。

飲みものだけ選び、日替わりで、と頼むと佐恵子が耳元に顔を寄せてきた。

「大学のときから好きだったの？　もしかして」

「えっ」

佐恵子のささやきに、麻里の身体をびくりと反応していた。

向かいの席に腰を下ろした勇輝は、きょとんとした顔をしている。

「すっごいしあわせそうな顔してるじゃない。よかったね」

笑顔の佐恵子が立ち去り、勇輝が首をかしげた。

「どうした？」

「……しあわせそうな顔してるって」

「うん、麻里いっつもにこにこしてるから、あながち間違ってない」

佐恵子がやって来て、ポットに入った紅茶とミニケーキの載った皿を置いていく。

「ご飯の前にケーキなんだね、順番が逆なのおもしろいね」

「ちいさいから、腹にたまらなくていいんじゃないか？」

白いケーキをフォークで切り分けて口に運ぶ。ババロアなのか、ほんのりと甘く舌の上でとろけた。

「このあとは、窯の見学？」

「見学というか、体験コースがあるって……二時からって話だから、それまでここで時間潰していいのかな」

勇輝がいうに、カフェと窯の入り口はべつだと説明されている。予約制の体験コースは二時と四時からで、三浦に話したところ二時からのコースを勧められた。そして昼ごろ来店して食事をしていけ、といわれたのだった。

「土、さわれるんだよね。楽しみ！」

「湯飲みつくるコースだけど、よかったかな。事後承諾でごめん。なかも見学させてもらえるといいんだけど。麻里、いまの仕事選んだのも、もしかしてつくる方に行ってみたかったとか……そういうのあったりする？」

「私はちょっと向いてなかったなぁ。小学生のとき、近所の陶芸教室には通ってたんだよ、半年くらいだけど」

「そうなんだ、渋いなぁ」

もちろん当時小学生五年生だった麻里が、自分から通いたいといったわけではなかった。麻里の母が親しくしていた近所のひと、その親戚が経営していた陶芸教室があり、そこが経営難になり知人に声をかけまくったのだった。

こども向けのコースが一番教材費も安く、短期間ですむとのことで、春原家からは麻里が通うことになった。

最初は遊ぶ時間が減るため気乗りしなかったが、通ってみると陶芸教室は楽しかった。残念なことに、楽しくなった矢先に教室の先生が倒れ、閉室となってしまった。

麻里が落ちこむと、母は「先生が元気になったら、また通えばいいじゃないの」といってくれた。さらに残念なことに、先生は元気になったが教室は再開せず、ほかの陶芸教室も小学生の麻里が通える範囲になかった。

高校生になると、美術の授業で陶芸に挑戦する機会にめぐり会えたのだが、麻里はおそろしく向いていないことが判明した。しかしうまくできないからといって、嫌いになったりはしなかった。

就職活動をはじめて酒寄屋の求人を見つけたとき、麻里は迷わず応募していた。運よく採用を取れたが、もし取れなかったとしても、べつの陶芸に関われる仕事を探しただろう。

麻里は壁の向こうから聞こえるやり取りに耳を澄ませてみた。なかなか繁盛しているようで、いらっしゃいませ、と元気のいい佐恵子の声が聞こえてくる。

酒寄屋の後、現三浦夫妻が入社した田代陶房は、規模はさほど大きくないものの、きれいな発色の焼きものをこしらえるところだ。そこがまさかカフェをはじめるとは思いもよらず、用意されたナプキンに印刷された「いっぷくどう」の文字をまじまじと見つめた。

コック姿の男性がプレートを運んできて、ふたりの前に置く。

「お忙しいときにお邪魔してすみません。こちらの席まで占領してしまって」

勇輝が会釈すると、男性は笑う——麻里は見覚えがあって目を瞬かせた。

「……あ、三浦さんの……親戚の方」

「そうです、井口と申します。結婚パーティのときに、うちの店で」

勇輝も思い出したらしく、ああ、と声を上げていた。

「時々こちらの手伝いに来てるんです。こっちは独立したうちの元スタッフがやってるんですが、今日は休みなので、自分が代わりに」

「それじゃお忙しいですね……でも井口さんの料理だったら、食べるの楽しみです」

ワンプレートに彩りよく料理が盛りつけられている。青物野菜が多いのがうれしい。

皿には虹の絵が描いてある。

「これも、田代陶房さんの?」

「ええそうです。使っている食器は全部裏でつくったものになります」

ケーキの皿を下げる井口に、麻里は知っている相手だという気安さから質問する。

「先にケーキってふだんからなんですか? めずらしいですね」

「糖分はすくないものなので、おなかにはあまり響かないと思います。前菜のようなものと思っていただければ……豆腐でつくってあったんですよ」

豆腐だったとはまったくわからず、さっぱりしたデザートだと感じていた麻里は、皿が運ばれていくのを感心しながら見送っていた。

チキンの照り焼きがメインの食事をきれいに平らげたころ、佐恵子が顔をのぞかせた。

おかわりのお茶を持ってきてくれた彼女は、

「ここだったら気兼ねしないでいいから、見学時間までゆっくりしていきなよ。このへん、ほかに見られるようなとこないんだよねぇ。あ、工房のとこに商品展示しているブースあるから、そこもあとで見ていけば?」

「ありがと、でもここにいてお邪魔じゃない？」

「いいのいいの、お客さん引くまでは誰も使わないいし」

「それにしても、なんでカフェ……？」

「うん、これあたしの提案なの」

佐恵子は照れくさそうに笑う。

「つくった食器も使えるし、ひとは来るし、トモの親戚に料理人はいるし、田代さん土地余ってるし——で、どうかなーって春くらいに会社で話してたの。まさかほんとにやるとは思わなかったけど」

「うわぁ、トントン拍子だったんだ」

春に話が出て、実際にいま営業しているとなると、かなりはやい展開だ。

「いま店員募集中なんだよ。トモたち職人さんはあっちが忙しいと手伝ってもらえないし、店建てちゃったから繁盛してもらわないと」

性に合っているのか、佐恵子はうきうきとした顔をしていた。

佐恵子の言葉に甘えさせてもらい、ふたりは片隅でのんびりとお茶を飲んだ。壁を挟んだ向こうから、ひとの話す声と動く気配が漂ってくる。壁の反対側には、キャビネットがあって、マグネット式の月次予定表が張り出されていた。スタッフのシフトが黒で書きこまれていて、ほぼ連日佐恵子は出勤予定となっている。

「忙しいみたいだな」

人手が確保できるまで、佐恵子を気軽に誘い出せないだろう。提案が通り実現した佐恵子がうらやましい。本人が充実している様子なのがなによりだ。

「大変だよなぁ」

しみじみと勇輝がつぶやくので、麻里は微笑んだ。

「ゆうくんだって、いま色々大変じゃない」

「……オープンしてからの方が、じつは不安なんだよな」

「そうなの？」

勇輝がそういった不安を口にするのは、これがはじめてだった。

目をまるくした麻里に、勇輝はひとつうなずく。

「お客さんが来るとさ、イレギュラーなことがわんさと起こると思う。ちょっとうんざりするな」

「客室担当するの？」

「しないよ。直接の担当じゃなくても、知っておかないとまずいし。予想外のことが待ち受けてると思うと、正直気が重くなる」

テーブルの上にある勇輝の手に、麻里は自分の手を重ねる。勇輝の方がずっと大きく、包みこむことはできなかった。

「ゆうくんのお父さんたちは？　親戚とはいえ、身近なひとがずっと旅館やってきてたんだし、ノウハウがあったりするんじゃない？」

「どうかなぁ……俺としては、よくまたホテルなんてやる気になったな、って感じだよ。一時期はまわりにさんざんいわれてたから」

麻里が首をかしげると、勇輝は重なった手をひるがえし、ぎゅっとにぎってくる。

「旅館ってそれなりに雇用人数多いだろ、それを潰したってけっこう陰口いわれてて……直接いってくるひともいたよ。当時は小学生で、『おまえの家のせいで路頭に迷う』なんて詰め寄られると、心底怖くてさ」

そんなことが起きたのか。麻里は驚いていた。

「経営するって……大変だよね」

「ほかのひとを巻きこんでるようなものだしね。まあ、俺にやれることはやっておくよ」

おたがいの手をにぎる指に力をこめたとき、工房から連絡が入った。

体験コースの準備ができたので、すこしはやいが工房に来てもらえないか、と。

もてなしてくれた佐恵子たちに挨拶をし、いっぷくどうの裏の道をたどっていく。

ほどなく工房に到着した。

なつかしさをくすぐる、古い民家のような外観であり、麻里は好感を覚えた。

ふたり以外にも、数組体験コースの参加希望者がいた。

ほかの参加者が受付をしている間、工房に展示されている陶磁器を見学させてもらうことにする。うつくしい彩色の陶磁器に目をやるうちに、勇輝のまなざしが怖いくらい真剣なものになっていく。

「きれいだね」

「そうだな——まだホテルで使う食器選びが終わってないんだ」

勇輝のまなざしが、いつもの明るいものに戻った。

「候補はあるんでしょう?」

コンセプトデザイナーもいると聞いている。

「あるにはあるけど、俺としては……地元とか、土地のものを使えたらと思ってるんだ。まあ……俺には決定権がないんだけど」

小声で会話を交わすなか、勇輝の視線がまた真剣なものに変わっていく。彼の仕事がうまく進みますように——誰に祈っているのか麻里自身わからないものの、そう願わずにはいられなかった。

見学するうちに、時間となった。

職人に呼ばれて作業場の席につき、講師のレクチャーを受けながら手を動かした。冷たい土の感触を楽しみながら、麻里はいっとき集中する。手元に集中していると、ほかのことはなにも考えなくなる。指先の感覚を頼りに、慎重に土と向き合う時間は、とても満ち足りたものだった。

成形後はすべて工房が仕上げてくれる。

ほかのコース受講者とともにおもてに出た。

「楽しかった！」

すぐとなりに立つ勇輝に笑顔で報告すると、彼はうなずいた。

「麻里が楽しそうで、参加してよかったよ」

●

レンタカーからバスに乗り換え、温泉地に着いたときには、日が落ちはじめていた。

「もっとはやく計画立てられてたらよかったのになぁ」

停留所に降りるなり、勇輝がぼやく。

「どうして？」

「部屋に露天風呂がついてるとこ、全部埋まってた」

「……でも温泉でしょ、あったまれていいじゃない」

「一緒に入れないじゃん」

「……う、うん……」

微妙な空気はそこに置いていくことにして、キャリーカートを引いて歩きはじめた。

目抜き通りには土産物屋が軒を連ねており、夕食の時間が近いためか、観光客の姿はまばらだった。

名物らしき饅頭《まんじゅう》が、とてもおいしそうだ。

ふと会社にお土産を持っていこうか、という考えが頭をよぎったが、原たちに「彼氏と旅行か」と冷やかされそうな気がして、やめてしまった。

到着した宿は規模はさほど大きくないが、瀟洒《しょうしゃ》なつくりの日本家屋だった。見るからに居心地がよさそうで、ここを選んだ勇輝をほめたくなってしまう。

受付で浴衣の柄が並ぶ小冊子を渡された。そこから好きなものを選ぶのだという。

「お部屋で仲居にお申しつけください。お持ちいたします」

小冊子の後半には、浴衣の着付け方が載っていた。履きものも貸してもらえるらしく、これが暖かい時期だったら、湯上がりに散歩に出るのも楽しいかもしれない。

部屋までは、案内を受けながら天井の低い廊下を進んだ。

かなり奥まで廊下を進み、通された部屋は三間続きで天井が高い。廊下の天井が低かったせいか、やけに開放的だった。

長くもてなしに使われた部屋だろうに、畳の清々しい香りまでしている。壁紙も引き戸のガラスも、すべてくすんだところがない。

広縁に出ていた勇輝に手招かれ、そこに立ってみると旅館の中庭が見渡せた。

建屋は日本庭園をぐるりと囲むように建てられており、どの部屋に宿泊しても展望を楽しめるようになっている。随所に照明として雪洞とスポットライトが用意されていて、ライトアップされた庭園の淡い陰影がうつくしい。

「雪が積もったら、それもきれいだよねきっと」

勇輝がうなずいたとき、仲居が声をかけてきた。

「浴衣のご希望がお決まりでしたら、おうかがいいたします」

麻里は金魚の柄を、勇輝は竹と扇子の柄のものを選んだ。

しゃんと背ののびた仲居はしずしずとした動きで部屋を去り、きれいに包装された包みをふたつ持ってきた。

包みに気を取られていた麻里は、勇輝が仲居になにか渡すのを見て首をかしげかけた。仲居が礼をいいながら受け取った点袋《ぽちぶくろ》を見て、心づけのことをすっかり忘れていたことに気づく。

「なにからなにまで、ゆうくんにさせてごめんね……」

「そのつもりでいるんだから、今日は全部任せてくれよ」

渡された包みをあらためる。それなりに大きさのあるそれのなかには、それぞれ麻里と勇輝用の浴衣と羽織り、履きものが梱包《こんぽう》されていた。

小冊子にも説明書きがあったが、こちらにもおなじ説明の紙が入っていた。外出するような浴衣とはべつに寝間着を兼ねる浴衣も用意されている、気軽にお楽しみください、と。着付けが図で解説されていて、見る限りむずかしいものではなさそうだ。

「本格的な着付けができなくてもいいなら、抵抗なくていいね」

「さっそくだけど、風呂行く?」

ひとまず部屋を出、大浴場の前で勇輝と別れた。その背に「やっぱり部屋に風呂あった方がいいなぁ」と勇輝がつぶやくのが聞こえた。

浴場は大小いくつかあり、そのなかのひとつ、露天風呂を麻里は選んでいた。

露天風呂の周囲は竹林で囲まれ、光源であるオレンジのライトが投げかけられた湯の表面で、風に合わせ揺れていた。

冷えていた肌が湯に沈み、ぴりぴりと痛みが走る。風呂の底は岩場になっていて、じき温度に慣れた麻里は息を吐き、大きい石のひとつに腰を落ち着けた。

暮れた空にぼんやり目を向けて、のぼせるまでたっぷり浸かっていたい気分だったが、ひとまず上がることにした。夕飯の後にまたゆっくり入浴すればいい。

浴場を後にすると、入り口の前にある長椅子にすでに勇輝が腰を落ち着けている。

「……浴衣も似合うな」

破顔した勇輝も浴衣を着ている。鍛えた身体の厚みがあるためか、勇輝こそ和装がよく似合っている。

「こっち行くと、庭園の方に出るらしいよ。さっき従業員さんが来て教えてくれた」

進む廊下は屋外の回廊につながっていた。冷えた夜気のなか手を取り合って進んだ。

庭園の眺めは、飽きることがなかった。ほかに人気がなく、独り占めしているのがもったいないくらいだ。

勇輝が足を止め、麻里の顔をのぞきこむ。

「急な旅行で、なんか……ごめんな」

「ううん！　楽しいよ」

「最近ばたばたしてるし、たまには麻里とゆっくりしたいと思って」

「やっぱり忙しい？」

「まあ……ちょっと。やることが多すぎて、きりがないよ。それに食器の手配が遅れてるかなぁ。一応想定してた範囲だけど」

「うまく進むといいね」

うなずく勇輝の表情がかたい。心配になった麻里の肩を引き寄せ、ほおを寄せてきた。

「ゆ、ゆうく……ひとが来たら……っ」

見られちゃう、と続けようとした言葉は、背に腕がまわされのどで止まってしまった。

「俺、これを婚前旅行だと思ってる」

「……ゆうくん？」

「この先も、麻里とこうしていきたい」

「こんぜん……」

いわれた言葉が、ゆっくり時間をかけて麻里に浸透していく。

「俺と婚約してくれないか。婚約して、ゆくゆくは結婚してほしい」

麻里は勇輝の顔を食い入るように見つめた。

「……いや、か？」

緊張した顔つきの勇輝に、あわてて麻里は首を振る。必死に振りすぎて、足元がよろけてしまったくらいだ。

「ゆ、ゆうく……」

勇輝の腕にすがった麻里は動揺してか舌がまわらず、嚙みそうになってしまった。

様子を見ていた勇輝が、笑いながら抱きしめてくる。

「もしかしてびっくりした？」

うなずく。

うなずき、鼻の奥がつんと痛くなっていることに気がついた。勇輝を見上げてみると、視界がぼやける――涙が溢れようとしている。

「ゆ……ぅ、うう……っ」

「泣くなよぉ」

頭のなかがごちゃごちゃになっている。勇輝の言葉が脳内でわんわんとこだましていた。とても驚いている。でも、なによりうれしい。これが現実だとは信じられない。

再会してまだ三ヶ月だ。

なのに勇輝は麻里と婚約したい、といってくれている。

麻里にとっても、勇輝はかけがえのないひとだった。

涙が引いてくると、勇輝のくちびるがまぶたにそっと押し当てられた。

「部屋に晩飯用意してくれるから、そろそろ戻ろうか」

うん、とこたえようとしたらまた涙腺がゆるんで、それを見た勇輝がうれしそうな顔で笑った。


夕食に満足してしまって、座椅子で足をのばすうちに麻里はうとうとしてしまっていた。

目を覚ますと勇輝は部屋にいなかった。

冷めたお茶でのどを潤していると、かすかな物音がして勇輝が戻ってきた。手にはなにやら包みを持っている。

「どこ行ってたの？」

「起きた？　ちょっと小腹減ったから、テイクアウト」

「えっ、けっこう量あったのに？」

部屋に用意された魚介類中心の食事は品数が多かった。お櫃《ひつ》に入ってきた鯛飯《たいめし》は麻里のおなかには重く、ほとんど食べられなかったが、勇輝は気に入って平らげていたのだ。

「うん、小腹小腹。炊きこみご飯のおにぎりつくってもらえた」

包みを開くと、ラップに包んだおにぎりがいくつも転がり出てくる。

「夜食のサービスまでしてくれるんだ……」

勇輝はさっそくおにぎりにかぶりついている。時計を見ると時刻は十時近い。

食べかけのおにぎりを勇輝から引ったくる。

「こんな時間だし、食べるのは明日にしなさい」

えー、と不満そうな声を出すが、勇輝は抵抗しなかった。

麻里は施設案内のパンフレットを開く。

「どうした？」

「うん、お風呂何時まで使えるのかなって」

清掃時間以外は一日中使用できるとあって、麻里は露天風呂に行こうと腰を上げた。

「風呂入るの？」

「うん、寝る前に。行かない？」

「……汗かいてから入ればいいじゃん」

追うように立ち上がった勇輝の腕のびてきて、麻里の腰を捕らえた。

そのとき麻里はふらつき、勇輝の浴衣の掛け衿《えり》をつかんでしまった。強くつかんでしまったからだろう、勇輝の浴衣が着崩れてしまった。

「ご、ごめんね」

肩を軽くすくめ、勇輝は浴衣の帯を解いてしまった。浴衣を整えるには、着付け直すしかない。

麻里は畳に落ちた帯を拾って手渡したが、勇輝は脇に放り投げてしまった。

「ゆうくん？」

「どうせ脱ぐから、いいよ――麻里、汗かこう」

そういって勇輝は、隣室に敷かれた二組の布団をあごでしめした。

「麻里だってどうせ脱ぐんだから、いま脱いじゃいなよ」

布団まで大股で進み、勇輝は部屋の明かりをつけた。

煌々《こうこう》と白い明かりの下、勇輝の身体がはっきり見て取れる。下着一枚になった姿を目にするときは、いつも彼は欲情している気がした。口角を上げた勇輝の目は真剣で、トランクスの前部分がいびつにふくらんでいる。

「す……すぐそうやって、することばっかり……」

「はやくしないと、寝るのが遅くなるよ」

どこか楽しげな勇輝の声に胸が疼いた。熱っぽい声が麻里の情欲に訴えかけてくる。

勇輝が腕を開いた。

抱き止める用意をされて、麻里が断るわけがない。

「麻里、おいで。はやく麻里で温めてよ」

うなずき、勇輝に近づくと、麻里は腕に飛びこんだ。

あごをとらえられ、上向かせられた麻里は、勇輝にくちびるをふさがれた。熱い舌が口蓋を攻める。彼の舌の動きに、いちいち身体が反応してしまう。

「んっ……ぅんっ」

舌を交えるなか、勇輝の指は麻里の腰の下、丸い曲線に滑っていく。まるいふくらみを鷲摑《わしづか》みにした指がうねり、麻里の背中が一瞬緊張した。勇輝の指は休まない。

「ん、んっ……んぅん……ん」

勇輝と共に、麻里は布団の上で足を崩していた。

ゆっくり身体を横たえていく間も、勇輝のくちびるは麻里から離れなかった。舌を愛撫《あいぶ》され、麻里はときどきひざがびくりと跳ね上がっていた。

麻里のひざの間に足をねじこみ勇輝が身体を割りこませると、足を閉じられなくなってしまった。くちづけは続いている。麻里の浴衣の前がはだけ、ブラジャーがずらされる。

一度胸にふれた勇輝の指が離れたかと思うや、麻里の乳首をはじいた。

「つう！　ん……うぅ、ん……っ」

強くはじいたわけではないのだろうが、刺激は痛いほどだった。今度はそっとつまみ上げられ、なでさすられる。乳房だけでなく、背中に、下腹部に、甘い感覚が渡っていく。

やっと勇輝のくちびるが離れ、麻里は大きく喘《あえ》いだ。

「も、う……ぅん……痛いの、や……あぁっ」

「ごめん、すごくかたくなってるから……かわいくて、ちょっとだけいじめてみたくなったんだ。ごめん」

勇輝の身体がずれていき、彼の鼻先が胸元に線を引いた。

麻里は目を閉じる。

勇輝の舌が乳首をていねいになぞり、それからくちびるが吸いついてきた。

「あ……！　っあぅ……」

その熱い感覚を待っていた麻里は、胸を波打たせる。強弱をつけた舌とくちびるに愛されて、麻里は勇輝の頭を抱きしめた。

「い、の……」

乳暈《にゅううん》に歯が押し当てられ、ぴりっとした感覚が身体をなぞる。

「……きもち、い……ゆうく……ぁ、あっ」

勇輝の片方の手が動き、麻里のへそに押し当てられる。じっくりとそれは下方に向かい、はだけた太腿《ふともも》をなでた。

麻里は足を少し開いて、勇輝の手を待ち受けていた。勇輝が快感を与えてくれることを、もう身体が覚えて期待している。

下着のなかに勇輝は手を忍びこませてきた。

淫花がひどく濡《ぬ》れていることは、指の動きと音でわかった。いやらしい音が立つ。勇輝の指は、わざわざ蜜の音が激しくなるように動きはじめている。蕾を指先で弄ばれ、麻里はうっとりと目を閉じた。

「あぅ……う、ぅんっ……あ、あっ」

腰が揺れ、指が与えてくる快感に喜び、シーツから浮いてしまう。

「あ……あ！　ぁあっ」

「俺の奥さんになるひとは、ものすごくいやらしいな」

楽しげな声に麻里は目を開けた。そこにいる勇輝こそ、いやらしい目をしている。

「そ、そんなこと……」

「自覚ないのか？　麻里がいやらしいから、俺もこんなけだものみたいになるのに」

隧道《ずいどう》に指が差しこまれ、またべつの快感が流しこまれる。

「もっ……もとから…ゆうくん、すごいんでしょ？」

喘ぎのなか、麻里は勇輝に抗議する。自分のせいではない。勇輝が仕掛けてくるから、身体が淫靡《いんび》な状態にすぐ陥ってしまうのだ。

「トレーニングで……ごまかしてたって、い……って……あっあ……！」

「そ。でも麻里が俺のこと煽《あお》るから、いまは全然ごまかし効かない」

勇輝は身を起こし、麻里の下着を足から抜き抜いた。乱暴にそれを放り出し、今度は自分もトランクスを脱ぐ。

「だからすぐこんななっちゃうんじゃん」

天を仰ぐ勇輝の性器は、部屋の明かりがついているせいもあって、その姿をはっきり知ることができた。頑健そうな肉幹に、幾本もの血管が走っている。鈴口の蜜がとろけて落ちそうになっているのを目にし、麻里の肉欲が淫花を疼かせた。

ひざ立ちになった勇輝に両ひざをつかまれた麻里は、大きく足を開かされた。

目線を下げた勇輝が微笑む。慈しむような、だが淫靡な表情に、麻里は我に返った。

――勇輝の肉茎がはっきり見えたなら、自分のそこもはっきり見えているのでは。

「……っ、み、見ちゃ……！」

いい切る前に、勇輝の腰が動いた。

一気にこれ以上ないほど深く差しこまれ、麻里は浴衣をにぎりしめる。

「ひ……っ」

ずしりと重く腰に広がったそれを快感だと理解したときには、勇輝は腰を前後させはじめていた。

「あ、う……っん」

勇輝を見上げると、彼は微笑んでいる。

「麻里……愛してる」

「う、ん……っ、私、も……ぁあっ……あ……ん」

腰の一突きごとに、麻里の全身が快感で重くなっていく。

徐々にはやくなっていく勇輝の腰に、麻里は追いこまれていた。

高いところにどんどん追いこまれ、逃げ道などなく、一番高いところから落ちることになる。そのとき麻里は絶頂を迎えて、自分自身でさえ確かめることのできないあられもない姿を勇輝にさらしてしまう。そして麻里はそれを心待ちにしている。

「あっ……ああっ」

快感に夢中になった麻里は、やがてみずから腰を動かしはじめていた。そうするとさらに快感が増す——が、長く続くことはなかった。

勇輝の顔が苦痛に歪《ゆが》んだように見えたとき、麻里の身体は絶頂を迎えていた。

「……っは、あ！　ん……あっ」

切ない声を漏らす麻里の膣で、勇輝の猛りが叫ぶ。彼が内側で精を吐き出す感覚を、麻里は気に入っていた。ひどく勇輝をいとおしく感じられるのだ。

精を放ちのしかかってきた勇輝の身体に腕をまわし、麻里は満ち足りて目を閉じていた。

5

内線電話が鳴って、お茶が催促された。

手の空いていた麻里が用意することになり、お茶を煎れたポットを持って、給湯室から寒い廊下に出る。

これといって問題もなく繁忙期でもないこの時期、社内上層部の会議で行われているのは世間話だ。会議開始時にお茶は用意されている。おかわりを要求するのだから、よっぽど話に花が咲いているのだろう。

「失礼いたします」

会議室からはむわっと熱い空気が流れ出た。エアコンを効かせた会議室内は、汗ばむような温度になっていた。

長机が四つ並び、向かい合うように出席した面々が着席している。ちいさいとはいえ社内重役が揃《そろ》っていて、すくなからず緊張させられる。

慣れた所作で、役員一同が空の湯飲みを前に押し出す。麻里はそこにお茶を注いでまわった。

「それにしても、どうなんですかね」

専務がポケットから取り出した飴《あめ》の包みを開け、ついでに口も開く。

「ああ、木原観光さんも大きいから、どこも無下《むげ》にはしないと思ってるんだけど」

返答をしたのは常務だった。木原観光と聞いて、麻里はどきりとする。常務の声がちょっと意地の悪いものになっていて、冷や冷やしながら麻里は耳をそばだてていた。

「でもさ、木原観光さんが無下にしちゃったらまずいでしょ、せっかく再出発しようってときに」

「あれかね、なんだかんだでコスト下げたいのかね」

「どうでしょう。海外のを持ってきたところで、コストが下がるとはいいきれませんし」

「ウリにするのかな、どこどこの品を入れてます、って。もっと地元にいい顔しておいた方がいいだろうに」

ことさらゆっくりお茶を注いでまわり、麻里はなんの話なのだろう、と全身を耳にしていた。

「でもほら、あれ、そういう海外風のコンセプトにしたいのって親父さんって話で。ボンボンの方は、あちこち地元の窯元に挨拶まわりしてるって話があって」

「ボンボンが動いてるなら、けっこう焦ってるとか？　なにかうまくいってないとか」

まるでそうであってほしい、という口振りだった。

「どっちかというと、社内で意見が合ってないいんじゃないですかね」

「ありそうな話だなぁ。地元の品じゃ、よそからひとを呼べないと思ってんのか、って声があるってわかってないんだろうなぁ」

ちいさい会社だから、上層部の会議といっても数人だ。お茶を注いでまわるのはすぐ終わってしまう。どうしようか、と思った麻里の前で、社長が湯飲みを倒しかけた。お茶が周囲に飛び、麻里はポットと共に持ってきていたダスターでそれをぬぐう。

「社長、大丈夫ですか？　……でも案外のんびりしてるんじゃないかな。木原観光のボンボン、先週女連れて遊びに出てたって話ですし」

ダスターを扱う手が止まりかけた。どういうこと、と口に出しそうになっていた。

「ああ、病院さんとでしょ？　景気のいい話で」

「それが違うらしいですよ。べつの女と、S駅のとこの老舗旅館に泊まってたって話で」

「え――なになに、それ」

興味津々そうに、子細を尋ねる声が上がった。

血の気が引いていく。

それならおそらく麻里のことだ。

さすがに名家で大企業の息子だ。勇輝は顔が知られている。だからといって常務ら無関係の人間に広まっているなんて、思いもしなかったことだった。

「婚約おじゃんってことか」

「さあ……あ、はるちゃん、お茶菓子なんか買ってきてくれる？　甘いのと辛いの、適当に織り交ぜて」

常務が財布から札を取り出した。買いものを頼まれては、そこに居座ることはできない。

どきどきといやな鼓動を続ける心臓をなだめつつ、麻里は買い出しに出かけた。

角を曲がって会社が見えなくなるところまできて、麻里は胸に手を当て息を吐く。

木原観光の名だけでなく、勇輝の名まで会社で聞くことになるなんて。しかも自分と出かけたことまで――麻里はひどく驚いていた。

買い出しをすませたものの、会議室に顔を出すときに、やけに身構えてしまった。

が、戻ると会話はまったくべつのものになっていて、木原観光の話題は微塵《みじん》もない。

拍子抜けして自分の仕事に戻ったが急ぎの仕事もなく、麻里は定時になると会社を出た。

雪の残る路肩に足を取られないよう気をつけながら歩き、大量の食材を買いこんだ。

しばらく忙しくなるという勇輝がすぐ食べられるよう、副菜のストックを仕込むつもりだった。外食やテイクアウトもいいが、どうにも油っこいものが多くなる。そのため野菜中心の料理をするつもりだ。

煮たり下味をつけたりする合間に、冷蔵庫いっぱいに詰められている缶ビールなどのアルコール飲料を引っ張り出す。勇輝は冷蔵庫に隙間があると、とりあえず缶ビールを詰めこんでいく癖があった。

まったく料理のできない勇輝には、電子レンジで温めるだけの状態にしておかなければならない。購入しておいた食品保存用のコンテナがどんどん埋まっていく。

味見しようと取り分けていた料理の小皿がいくつも鎮座し、麻里は立ったままそれをつまむ。満足できる味になったとひとりうなずき、シンクの片づけに取りかかった。

調理も一段落してみると、時刻は九時をまわっている。麻里のアパートに帰るには一時間ほどかかるため、そろそろ勇輝の部屋を出ようと思った。

火の元を確認し、麻里は勇輝のマンションをあとにする。

今日マンションに上がったことを、勇輝にまったく知らせていなかった。

あちらから連絡はなく、まだ仕事中かもしれないため、ＬＩＮＥを送るか迷ってしまう。

とはいえ、二台携帯電話を持ち歩いているというから、送るくらいなら迷惑にならないかもしれない。

駅を目の前に、料理のことだけでも先に伝えようとスマートフォンを手に取る。まるでメールの文章のような長文を、ＬＩＮＥで送る――火を通した方がおいしいもの、火を通さなくてもおいしいもの、お酒飲むと勢いがついちゃうけど食べ過ぎないでね、と最後に添えた。

文章を打指先が凍えてきている。送信ボタンを押してから駅の改札をくぐろうとした麻里は、着信音が流れて通路のはじに身を寄せた。

画面には佐恵子の文字。

「もしもし」

『いまいい？』

「平気だよ、どうしたの？」

帰路につく駅の利用客が流れるのを横目に、麻里は佐恵子の話に耳をかたむける。

もたらされたのはうれしい話だった――佐恵子がこちらに出てくるというのだ。

予定が合うなら会おう、と佐恵子が指定したのはこの週末、明後日の金曜日だ。いっぷくどうで使用する、クリスマスと年末年始用のディスプレイ用品を物色しに、休日を使って出てくるらしい。

夕方に待ち合わせて食事をしよう、と意見が一致した。

友達と会えるとあって、短い通話を終えた麻里は指先の凍えも忘れ上機嫌になっていた。

改札に入り、頭上の電光掲示板に視線をやる。

雪の影響もなく、路線はどれも順調に動いているようだ。

コートのポケットに入れたスマートフォンが震動し、麻里は足を止めた。凍える指でスマートフォンを引っ張り出すと、今度は勇輝のＬＩＮＥからだ。忙《せわ》しない、と苦笑するものの、勇輝からの連絡とあればすぐに確認したくなる。

『まり』

続きを待つのだが、一向に次のメッセージは表示されない。電波が悪いのか、と幾度か振って様子を見る。

こちらのメッセージに既読マークも出ず、待てども次のメッセージはやってこない。

何度か麻里からメッセージを送ってみたが、こちらも読まれている様子がなかった。

仕事中なのだろうか——麻里は何故かわからないが、いやな予感がした。

スマートフォンの液晶をじっと見つめ、麻里はきびすを返す。

着替えなら勇輝の部屋に置いてある。彼が仕事中なら、帰りを部屋で待てばいい。彼のプライバシーを重視したくて部屋を出ていたが、戻ろうとする足ははやまっていく。その間も勇輝から新しいメッセージは届かない。

駅から近い立地のおかげで、マンションに着くのはすぐだった。

エレベーターを待ち、乗り、上へ運ばれる。こちらからメッセージを送るか迷う間に、エレベーターは木原の部屋のある六階で止まった。

六階で麻里は、勇輝の姿を見つけた。

「麻里」

廊下の先にいる勇輝の姿に、麻里の思考回路が停止する。

「ゆうくん?」

自分の部屋の扉に背中をぴったりくっつけ、勇輝は廊下にすわりこんでいた。

外に出るには薄着すぎるスーツ姿の勇輝の手が上がる。彼の姿が弱々しく映り、麻里は走り出していた。

「どうしたの、なんで……」

駆けつけ、にぎった勇輝の手は冷たかった。ガタガタと震えている。白くなった勇輝のほおを胸に抱えるが、冷え切った勇輝の体温は一向に戻らない。

勇輝はスーツを着ているだけで、コートは身に着けていない。麻里の背にまわった腕に力はなく、麻里はあたりを見まわした。

「ど……どうしちゃったの？　なにか……」

あったのだろう。

勇輝に怪我はないようだが、自宅前ですわりこんでいる姿は異様ともいえる。

「すっごい冷たくなってるじゃない、なんで……家のなか、なにかあったの？」

「……前田さんが、来て」

弱々しい声を胸元から聞き、麻里はドアを凝視した。

「無理に上がってきて……その、思い出が欲しいって服を……」

勇輝を抱きしめる手が解けそうになった。

「……やばいと思っておもてに逃げて、前田さんが出て来ないように……」

麻里は勇輝が背にしているドアの方を向く。

「じゃあ、まだ前田さんは……」

「なかに」

胃のあたりがむかついた。

自分と勇輝の場所に、招かれざる客である前田が入りこんでいる。安全でもっとも私的であるべき場所を侵された。

思い出を、というが、彼女は既成事実を求めたのかもしれない。

部屋を訪れ、勇輝に迫る——強引とも無謀とも取れる手段だった。挙げ句、勇輝は廊下でドアのストッパーのようになっていたのだ。

「……いまは」

「わからない。ちょっと前まで、開けようとしてたんだけど」

ふたりしてドアを見つめる。

麻里はおそるおそるノックしてみた。すぐそこにはいないのか、反応はなく、なかから物音などは聞こえない。

勇輝はよろよろと立ち上がり、ドアを開ける。

部屋のなかはしんとしていた。誰かがいるなど、悪い冗談のようだ。まだ身体が冷え切っている勇輝は、足元をふらつかせていた。

前に立とうとした麻里を、勇輝は制する。

「危ないかもしれないから」

抑えた声に麻里はぞっとさせられた。

無理に部屋に入りこんでくるなど、男女の立場が逆だったら大変なことになっていた。

短い廊下の先、ダイニングへのドアを開けると、ソファに前田がすわりこんでいる。頭を抱えるようにしていて、麻里は微動だにしない彼女が泣いていると感じた。

「前田さん」

勇輝が呼びかけるが、彼女は動かない。

前田の着衣に乱れた様子はなかった。

どう声をかけたらいいのか麻里はわからず、視線を逸らした。床に女性物のコートが落ちていて、それを拾った。この前会ったときに前田が身に着けていたものだった。

コートを手に顔を上げると、前田は麻里を見ていた。

ひどく疲れ切った前田の目に怯《ひる》みそうになったが、麻里は彼女にコートを手渡した。のろのろと前田は立ち上がり、コートに袖を通すと勇輝に向き直る。

「……醜態をさらして、申しわけありません」

頭を下げ、前田は玄関へと歩き出した。

「前田さん、その」

勇輝の声に、前田は背を向けたまま足を止めた。

「どうか冷静になってください。俺は」

「あきらめなければ……いけないのでしょうか」

か細い前田の声は、聞き逃しそうなほど弱々しかった。泣いていないのが不思議で、残した言葉から、まだ彼女は勇輝をあきらめられずにいるのだとわかる。

ドアが開き、冷たい風が入ってきた。あんな場所で勇輝が凍えていたのだと思うと、麻里のなかに憤りに似たものが芽生えてくる。

「失礼いたしました」

前田は静かにいい、玄関が閉まった。

息を詰めるようにして、ふたりでしばらくそこに立っていた。

どちらからともなく息を吐き、その場にしゃがみこんだ。

「……帰して、よかったのかな」

勇輝はひたいに手を当て、玄関ドアの方を睨《にら》みつけるようにしている。

「どうして、前田さん……」

フローリングで寄り添って、麻里は勇輝が話すのを聞いていた。

木原観光の同僚の車に同乗していた勇輝は、帰宅途中、麻里に連絡することができなかった。マンション前で車を降りてひとりになったとたん前田から連絡があり、話したいことがあるというその申し出を勇輝は断った。すでに時間が遅いから日をあらためて、と。そもそもふたりで会うつもりはなかった。

帰宅してすぐインターホンが鳴り、モニタで確認すると前田が来訪していた。タイミングからして、マンション前で待っていたのではないだろうか――そう聞いて、麻里は自分が帰っていく姿を見送る前田を想像してしまった——こんな時間に前田を歓迎できるわけもなく、断ったものの前田は六階まで上がってきた。マンションのべつの住人と一緒に、エントランスに入ってきたのではないか、と勇輝は疲れた声で話した。

いくら断っても前田はあきらめず、婚約についてだからどうしても、とねばった。玄関先でいい、直接話したいという前田の声は大きくなっていて、近所迷惑になりかねないため勇輝はドアを開けた。そのとき麻里に呼びかけるメッセージを送っていたのだった。

前田は無理に部屋に上がりこみ、一度でいいから自分も思い出が欲しいといい出し——

そこで麻里は勇輝の言葉を留めていた。

「そこは……聞きたくない」

「……うん、ごめん」

勇輝がどう受け取ったかわからないが、そこは麻里が知ってはいけないことの気がした。暴走してはいるが、前田のそれは恋心だ。そこに麻里が入りこんではいけない。

そして、もう自分と勇輝の間に何者も入りこませたくなかった。

勇輝に抱きつき、やっと温まってきた胸に顔を埋めた。

以前前田が麻里ひとりのときに部屋を訪れ、親類の物件だといっていたのを思い出した。ならばその親戚は、部屋のマスターキーを所持しているのではないか。不安は育ちはじめると、限界知らずに胸のなかで成長しようとする。もし前田がこれ以上の無理をしようとしたら。鍵を親戚から奪取し、上がりこむような無茶をするのではないか。

彼女を理知的だと思っていた麻里だが、無理に勇輝に迫る真似をされてはその印象もすでに揺らいでいた。

時間も遅くなり、麻里は泊まることにした。厳重に戸締まりをし、チェーンをかける。ストックしていた料理を前に勇輝はうれしそうにするが、疲れているのがわかった。

薄着でおもてに出ていたため、風邪を引いていないか心配したが、とりあえず大丈夫そうに見えた。

勇輝は風呂で温まるとベッドに入った。

横で身体をのばした麻里に腕をまわし、勇輝は身体を密着させる。

「ゆうくん？」

勇輝は身体をわずかにずらし、麻里の胸に顔を埋めるようにした。

体勢が窮屈になるが、受け止めるように勇輝の肩を引き寄せる。

「……正直、迫られて……ちょっと怖かった」

胸元から、勇輝のくぐもった声を聞いた。

「ゆうくんが、揺れちゃうひとじゃなくてよかった」

素直に麻里がつぶやくと、胸に顔を埋めたまま勇輝はうなずく。

「麻里があんなことしたら、たぶん俺、すぐ手を出してると思う」

それが冗談めかした言葉ではなく、心底そう感じているような声だったので、麻里は思わず笑っていた。

今夜のことを全員が忘れて、なかったことにできないだろうか——そんなことを思っていたためか、なかなか寝つくことができない。

胸元にほおを寄せた勇輝も眠っている様子はなかったが、麻里は黙って抱きしめ続けていた。

●

大荷物の佐恵子と合流したのは、六時すこし前だった。

翌日に出勤すると腹をくくり、仕事を残して会社を出た。休日出勤すると思うと憂鬱《ゆううつ》になってしまう。しかし電車に揺られ待ち合わせ場所に着き——佐恵子の顔を見た瞬間、憂鬱さは吹き飛んでいた。

かさばるいくつもの荷物を分けて運びながら、佐恵子が予約してくれた店に向かう。

駅からほどなくして到着したのは、鮮魚料理が売りの居酒屋だった。入り口の大きな水槽で泳ぐ魚を目にすると、急激におなかが空いてくる。

席に通されるなり、佐恵子は前のめりになった。

「今日はおごらせてね！　パーティドレスの件、まだ全然お詫《わ》びしてないんだし」

「そんなのいいのに……」

「だめ。おばさんも麻里ちゃんに直接お詫びしたいっていってるし、今日はおとなしくおごられてください」

酒肴《しゅこう》が届くのも待たず、佐恵子の持ち出した話題は勇輝のことだった。

「彼氏と真剣につき合ってるんでしょ？　びっくりしちゃったよ」

「うん……ただ三浦さんが前にいってたみたいに、婚約してるって話がけっこうまわってるみたいで……」

「だよねぇ。でもさ、それこそ誤解かなんかなんでしょ？」

佐恵子はスマートフォンを取り出し、なにやら操作しはじめている。

「結納はしてないから、前にそういう話が出たときにきちんと否定しなかったとか、そういうのがこじれていってるような……」

「え、なんかうまくいってないの？」

目をまるくしながら佐恵子が差し出してきたスマートフォンの画面には、前田の生家である中の橋総合病院のホームページが表示されている。

「相手っていわれてるひと、ここんちの娘さんだよね」

「わぁ……大きいんだね……」

入院施設などの揃った大病院の写真を見ていると、くらくらしてくる。

「ここの娘さん、お母さんが長いこと入院してるんでしょ？」

「そうなの？」

「去年あたまくらいだったかな……ほら、ローカルラジオにさ、地元の有名なひとにインタビューするコーナーあるじゃない」

商店街の会長や、地元企業の重役から、長く交通整理のボランティアをしているご老人まで、幅広く紹介するコーナーがラジオ番組のひとつにある。

「それに出ててさ、お母さんに孫の顔見せたいです、とかいってて……そのときは差し障りないことというよなぁ、って思ったけど、もしかすると本人は婚約してるつもりだから、そういってたのかもね」

麻里はちょっと苛立ったが、顔に出さないように、とグラスをあおった。

病床の母親がいるなら、孫の顔を、というのは本気かもしれない。喜ばせたいだろうし、安心させたい一心もあるかもしれない。

だが勇輝はそのための道具ではないのだ。

もやもやしたものを、並ぶ皿の料理を口に運びながら一緒に嚙《か》み砕く。

遊び相手なら認めるなどという発言も、あまりに傲慢だ——勇輝に対して。中学生のときから好きだったのなら、もっと勇輝の気持ちを考えてほしかった。

「……ディスプレイも用意したし、あとは新しい店員さんが入ってくれたら万々歳？」

話の方向を変えようと思って尋ねると、佐恵子はにやりと笑う。

「こないだ、ふたり面接きたのよぉ。ご近所の主婦と、高校生の子」

うれしそうな顔に、麻里はグラスを置く。

「採用したの？」

「したした。これからあたし楽するんだぁ」

「できたらいいねぇ」

「縁起悪いこといわないでよ、さすがに休みなしで最近きついの」

「盛況なんだ？」

「おかげさまで」

佐恵子はやはり充実しているのか、胸を張っている。

それから話題はあちらこちらに飛んでいった。

思い出話や買ってきたディスプレイ用品の話、評判のいい和菓子屋の話、スマートフォンを買い換えたい、コートを新調したい――思いつくまま話していくのは楽しかった。だが麻里の脳裏には、前田に対する不快感がこびりついてしまっている。

「今日は彼氏さんどうしてるの？」

「仕事だよ、けっこう忙しいみたい」

「ホテルが開業するんだよねぇ」

「うん、そっちでも忙しくて、それと引っ越しも考えてるから」

「彼氏？　それとも麻里ちゃん？　なになに、一緒に暮らしたりするの？」

「え……ううん、そこまでは……考えてなくて……彼の部屋だけど……」

考えていなかったが、一緒に暮らすのもいいかもしれない。

前田が来訪したのはつい一昨日だ。

その翌日から、勇輝はマンションに帰るのは止める、といい出している。昨日はビジネスホテルに泊まり、ストックした料理は麻里が自分の部屋に引き上げていた。冷蔵庫に入りきらないが、冬場でよかったと思う。凍えるように寒い台所は、食品の保存場所として申し分ない。

多忙ななか、新しい住まいを探すのは大変だ。できる限り手伝うつもりでいたが、一緒に暮らす、というところに考えは及んでいなかった。浮かれた事情ではなく、前田からの避難といった意味合いが強い引っ越しなのだ。

「だってさぁ、どうせ引っ越しするなら、ふたりで暮らせるどころか、結婚してからも住めるとこがよくない？　そういうこと話さないの？」

さほどアルコールを飲んでいないのに、やけに麻里は顔が熱くなった。

「……えー、なに、まだ一緒にいるだけでしあわせ、とか思っちゃえる時期？」

見透かすような目をした佐恵子に、麻里はおしぼりを投げる真似をする。

「佐恵ちゃんだって、そういう時期あったでしょぉ」

「あったあった！　いまは結婚してよかったー、って時期よぉ」

しれっという佐恵子と笑い合う。

金曜日の夜とあって、寄ってきた店員が「二時間でお願いしておりますので」とおずおずと切り出した。

ありがたく佐恵子におごってもらい、麻里は佐恵子と駅に足を進めた。

「また会おうねー」

ホームがべつになるので、改札をくぐったあと佐恵子と別れる。佐恵子は最寄り駅に着いたら、三浦が迎えにくるという。それがうらやましくなって、麻里は勇輝にＬＩＮＥでメッセージを送っていた。

返事を期待せず、佐恵子と会って楽しかったこと、三浦さんと仲が良さそうでうらやましい、ということを思いつくまま送っていた。

温かい車内で運よくすわれた麻里は、すこしうたた寝をしていた。気がついたときには降車する駅のひとつ手前で、じき麻里を乗せた車両は目指す駅で停まり、乗客を吐き出した。

ホームに降りて寒さに身を縮めた麻里は、スマートフォンに勇輝からメッセージが届いていることに気がついた。

勇輝からで『仕事終わった。会えない？』と短かかった。

気づかなかった、とちょっとがっかりしながら、麻里は『もう、うちの近くの駅着いちゃった』と送り返してみる。

返事ははやく、『じつはそこにいる』とあった。

麻里は小走りにちいさな駅の改札を抜けた。

駅前ロータリーにあるバス停のそばに、勇輝が立っていた。麻里に手を振ってくる。

「どうしたの？　こんなところで」

「仕事でこっち来てて、新居も探すだろ、だからちょっとこのあたりも見てみたくて」

「このあたり?」

勇輝は満面の笑みでうなずく。

「麻里も住んでるわけだしさ、このへんで探すのもいいんじゃないかって。麻里も一緒に探さない?　ついでに、住み心地よさそうだったら一緒に住まない?」

佐恵子との話題に出ていたことだ——顔が火照っていく。

「いいよ、って顔してる」

「う……うん、そうだよ、いいよ」

麻里の手をにぎった勇輝が、あたりを見まわす。

「で、どっち?」

「……どっちって?」

「道、麻里んち行こ」

「……私んち?」

「今日泊めて」

「えっ」

「大丈夫だよ、パンツは買ってある」

せまいよ、ちらかってるよ、古いよ——そうくり返しながら、麻里は勇輝を連れてアパートの方に進んだ。メゾンフリージア、という名がアパートについている。周囲を大家が趣味で育てている花の植木で囲まれた、鉄筋二階建ての無骨な外観の建物だ。

頭のなかで勇輝のマンションと比べてしまう。比べてもどうしようもないことだが、どうしても比べる。メゾンフリージアが見えてきて、おたがい実家の格も違う、などと考えていた。

一階の奥の部屋を麻里は借りていて、昼に家主が不在になってしまうためどうしても雪が玄関周囲に残ってしまう。麻里が鍵を開ける間、勇輝は凍った雪溜《ゆきだ》まりを靴の爪先でついて遊んでいた。

1DKのアパートに上がった勇輝は、目を輝かせきょろきょろと首を巡らせる。

麻里の部屋は台所のある四畳間ほどの部屋と、ベッドとこたつのある奥の八畳間というつくりになっている。

コートを脱ぐ勇輝に、ファンヒーターとこたつをつけるよう声をかけた。

湯船の湯を溜めて部屋に戻ると、勇輝はこたつに入り、麻里のクッションを抱きしめてにこにこと笑っていた。やたらに上機嫌な様子に対し、麻里は冷静になっている。

「……ゆうくんの部屋と違って、せまいでしょ」

「暮らすのにちょうどいいんじゃない？」

「ゆうくんがいま暮らしてる部屋、いいところじゃない。立地いいし、設備も」

うなずく勇輝の前にすわる。

「卑屈なこといっちゃうけど、うちは実家も資産家じゃないし、私も高給取りじゃない」

勇輝はクッションを抱えた状態で居住まいを正した。

真剣な面持ちになった勇輝に、麻里は言葉を続ける。

「そういうところ、あんまり気にしないで来ちゃったじゃない？　だから……」

「だから？」

「確認した方がいいのかな、って」

勇輝はしばし黙った。

「……学生のころ、麻里は俺の部屋に来たことないと思うけど、借りてたアパートってユニットバスのワンルームで、かび臭いとこだったよ。だからって悪いと思わなかったし、いまも思わない。うちの実家、たぶん資産家とかそういう家なんだろうな。だけど俺はそこんちの子なだけで、うちにあるものは親父のものだよ」

ふたりして黙り、すこし間があった。

「麻里は家同士のことに、なんか不安覚えるんだろ？」

「……うん。格式とかそういうのは、正直いまからどうこうできないから」

「俺は麻里を守るつもりでいるし……格式どうこう以前に、要は他人とのつき合いが新しく発生するわけだし、そうなったら気を遣って疲れることはあると思う。俺も麻里も」

「私で……やっていけるかな」

——よもや勇輝が笑われることにならないか。

「やっていこうよ。俺だって麻里の家のひととつき合っていくの不安だよ。気に入られなかったらどうしようとか、そういうこと考える」

手をにぎり合って無言になったところに、勇輝のおなかから盛大に腹の虫が鳴く音が聞こえた。

「……晩ご飯は？」

「食いっぱぐれた……」

「ストックの、あるけど」

「食べたい！」

台所に立ち、持ち帰っていたストックを温め、盛りつけ直す。

忙しくても、トラブルがあっても、不安を抱えていてもおなかは空く。

多忙な勇輝の日常に、麻里は寄り添っていきたい。

彼が安心できる存在になりたい。

「いいにおい……」

料理を待ちきれず台所にやってきた勇輝に、麻里は笑顔を向けた。


「迫ってくるっていうの、冷静な状態じゃないと思うんだよなぁ」

空になった食器を前に、勇輝は天井を見つめていた。

仕事の合間に、勇輝は昨日の前田の件を父親に相談したという。

「正式もなにもない状態なわけでさ、前田さんとの婚約っていうのは。だから破棄を申し出るだの、取れる手段がなくって」

話の腰を折らないよう、麻里は静かにこたつの上の食器を重ねていく。

「大学出たくらいのときに、話は聞いてたんだ。冗談っぽい感じで、地元に根づくのに前田さんのところとの縁談もいいよなぁ、なんて親父が話してて。それ以上は進展してなかったから放置して……なんていうか、俺、どうでもよかったんだよね」

「……どうでも?」

「三浦の結婚式で麻里と会うまで、正直どうでもよかった。好きな相手といられないなら、もう誰でも一緒だって気がして……それこそ、前田さんでもほかの誰でも。誰かと一緒にいようとも思わなかったから」

さみしい言葉だった。

勇輝がそんな状態あった、ということそのものが苦しい。

「いまは麻里がいるじゃん?」

重ねた食器を手に、勇輝が立ち上がった。流しに運んでもらうと、勇輝が短く笑った。

「もう使ってるんだ?」

玄関先に置いてある、宅配便用の判子やポストの鍵を入れている小物入れを見て、勇輝は微笑んでいる。それは田代陶房の湯呑みを作る体験コースで焼いたものだ。いびつさも含めて、なかなか味があるといえた。

「俺も引っ越し先決まったら、届いたやつなんかに使おう」

麻里も微笑み、右手にある浴室を指差した。

「食器洗っちゃうから、ゆうくんお風呂入っちゃいなよ」

「そうする」

「あと、私、明日会社行くけど」

「休日出勤?」

翌日は土曜日だし、のんびり支度をしようと思っていた。

「うん、ゆっくりめに出る感じかなぁ。寝てていいよ、ご飯もストックあるし」

「やったぁ」

浴室に向かうと見せかけて、勇輝は麻里のくちびるにそっとくちづけてきた。

自分の部屋で勇輝とくちびるを重ねるなんて、へんな気分だ——勇輝と入れ替わりに麻里も入浴する。

麻里が浴室から出てみると、勇輝は潜りこんだベッドですでに眠りこけていた。

暖房と電気を消し、麻里もベッドに身を滑らせる。

ひとり用のベッドにふたりが横になると、ひどく手狭になった。すぐ横にトランクス一枚の勇輝が眠っていることに不思議な気分になる。

自分の部屋で彼といられる、というのもいいものだ。

麻里は勇輝に身を寄せて目を閉じた。


妙な感覚があって目を覚ますと、部屋がうっすらと明るかった。

朝？　と思うのと、感覚が胸から生じていると気がつくのはほぼ同時だ。

「起きた……っていうより、起こしちゃった？」

横から声がして、意識が完全に覚醒する。

「な、なに……？」

横で眠っていたはずの勇輝の手が、麻里のパジャマの前を開いてまさぐっている。

「ごめん」

そういっていても、勇輝の指は止まらなかった。

「なん……で……っ」

尋ねる声が揺れてしまう。

勇輝は麻里の乳房を包んで揺すり、尖《とが》った先端に添えた指を押しつけて刺激してくる。

「麻里の無防備な顔見てたら、ちょっとだけさわりたくなっちゃって……ごめん」

「や……ん……っ」

そうあやまるが、勇輝は手を休めない。

「ぅ……っ、うん……はあ……っ」

勇輝の足ががっしりと麻里のひざを固定した。ベッドが狭くて逃げようがなく、動かした手が勇輝の股間にふれる。

「も……、なんで……っん、あ……そんなにして……」

荒ぶった状態になってしまっているそれを、思い切って麻里はつかんでみる。

「きゅ、急にこんな……さわられたら、ゆうくんだって困るでしょ……!?」

「……困るなぁ。そんないきなりにぎられたら、ほんと困る」

「でしょ……?」

「止められなくなっちゃうじゃんか」

勇輝が身を起こすと、スプリングが大きくきしんだ。上掛けがずれる。冷えた空気のなかに飛び出すと、勇輝はすばやい動きでトランクスを脱いだ。

「ま、待って！　ま……」

「待てないって。麻里が俺にいやらしいことなんかするから」

あーあ、とわざとらしくぼやき、勇輝は麻里のパジャマのボタンを外していく。

麻里はまったく抵抗しなかった。

欲情した勇輝は制止するだけ無駄だ。

そして、麻里自身いやではない。

パジャマの上着の前をはだけさせ、麻里のズボンと下着を取り払った勇輝は、こどものような笑顔を浮かべた。だが下腹部に屹立《きつりつ》するものは、こどもっぽさからかけ離れている。

麻里は手を広げてみた。

いつも勇輝がそうしてくれて、麻里は迷わず飛びこんでいる。勇輝に抱きしめられることが、胸が腕が、ぬくもりが好きだ——だから彼にも、おなじことをしてみる。

勇輝は目をほそめ、くすぐったそうな顔をした。

麻里に覆い被さり、おたがいの胸をこすり合わせるように動く。勇輝の身体は温かい。麻里は肩に腕をまわし、勇輝の耳元にくちびるを押し当てた。

「ゆうくん……好きだよ」

ぴったりと合わせた肌をすり合わせるだけで、麻里は呼吸が乱れはじめた。湯に身体を浸すように、全身をゆるい快感が包む。

「あ……っあ……んぅ……」

勇輝を抱きしめやすいように、麻里はひざを左右に開いた。当然のようにそこに勇輝が腰をはめこむ。勃起したものが足にふれ、すでに蜜を溢《あふ》れさせているのだろう、先端がなぞった肌に濡《ぬ》れた感触があった。

くちびるを重ね、舌を交えていると、勇輝は指先を麻里の下生えにもぐりこませた。花芯をそっとなでられ、喘《あえ》ごうにも舌も吸い上げられ、麻里は爪先に力をこめる。

「……っふ、う……ぅっく……」

くちびるが離れると、勇輝は麻里の髪に顔を埋めた。まさぐっている指先は、閉じてい

た麻里の扉を押し開いていた。湿った音を耳に届け、進入と退出をくり返しはじめる。

「はっ、あ……あ……っ」

勇輝のマンションと違って、こちらは壁が薄い。下手に声を上げてしまうと、隣室に聞こえてしまう可能性が高かった——しかもいまはまだ白んだ夜明けで、あたりは静まり返っている。

できるだけ声を殺そうとする麻里の状況をわかっているのか、勇輝の愛撫《あいぶ》はゆるやかだった。しかし止めようとは思わないらしく、蜜の泉で円を描き依然勤勉に働いている。

「ずぶ濡れになってる」

耳元での低い声に、麻里は何度もあごを引いた。

指ではなく、勇輝のいきり立った情欲で満たされたかった。限りなくひとつに近い状態になっていたい。

「うっ……ぁ……ん」

身を起こした勇輝にひじを引き上げられ、麻里はうつぶせにされた。

「ゆ、ゆうく……こんな格好、はずか……」

腰を上げるよう、左右の脇腹に添えた手で指示される。うながされなくとも、麻里はそうしていた。とてもはずかしい。はしたないとわかっているが、勇輝を受け入れるために必要なら、取るに足らないことだ——肉体的な欲望は、麻里にそう判断させていた。

羞恥をこらえる時間は短かった。

おなじく欲望をたぎらせた勇輝が、隧道を彼自身の猛りで満たした。

「……っ、う、あっ……ん……」

受け入れただけで、麻里は背中に鳥肌が立つような感覚を覚えた。

ゆっくりと勇輝は動く。

深呼吸をするような緩慢な腰つきに、麻里はぎゅっと目をつむる。枕を引き寄せて顔を埋め、声を漏らさないようにした。

いつもの激しい抽挿で鈴口がこすり上げ、もどかしくなってしまうあたりで勇輝は腰を止めた。

「……このあたり、好き？」

「ひぁ……あっ……あぁ……っ」

小刻みにそこを刺激され、麻里は短く高い声を枕に吸いこませた。

「すごい。俺のことしめつけて、ここだって教えてくれてる」

刺激されるごとに麻里の腰が跳ね上がった。その感覚が快感だという証明に、麻里はもう達しそうになっていた。

「うっん……んっ、んあぁん……っ」

すすり泣くような自分の声を耳に、麻里はこれまでになかったほど短時間で達した。絶頂の深度が深く、腰を突き上げる淫らな姿態を勇輝にさらしてしまっている。

達した麻里のなかで、勇輝は硬度を保ったままだった。

頭のなかが霞《かす》みがかった状態になった麻里の身体は、勇輝からのわずかな震動にも反応する。腰に軽く置かれた手がわずかに動いても、勇輝が足の位置をずらしただけでも、吐息となって反応を残していた。

「今度は、俺もいかせてよ」

つながった体勢を解かずに、勇輝は麻里と身を横たえた。背後から麻里を抱きしめ、ひざを抱えるように引き上げる。剝き出しになった淫花に、勇輝は後方から叩《たた》きつけるように腰を打ちつけはじめた。

「ひっ……んぅ、う……っ」

声が漏れてしまう。麻里はとっさに枕を抱きしめて顔を埋めた。

一度達した麻里の淫花は、蜜をだらしなく垂れ流している。くちゃくちゃという音が耳に届き、過敏になっている麻里の性感をいっそう煽り立てていく。

「ふっ……う、くっ……ん……っ」

「いっちゃったからかな、麻里のここ……ずっとぎゅっ、ってしたままになってるよ」

枕に顔を埋めた麻里は、激しく首を振る。そんなはずかしいことをいわれたくない。上擦った勇輝の声で告げられると、それだけで身体の芯の熱が増してしまう。

「や、やぁ……やっあっ、あ……っ、も、だめぇ」

勇輝の熱にえぐられながら、麻里はふたたび絶頂の波が襲い来るのを感じた。勇輝の手が前にまわる。大きな勇輝の手は麻里の恥骨を包み、親指のつけ根を押し当ててきた。マッサージと呼ぶには、与えられる快感が大きかった。

「あ……！　あっう……っん……！」

枕に顔を埋めた麻里は、もう一度大きな波にさらわれていた。後方に跳ね上がった腰を、麻里は勇輝に押しつけた。

「……うっん……」

淫道の奥から沸き起こる快感に、下腹部と腰が勝手に踊っているようにくねる。背後から勇輝のうめく声が聞こえ、隧道でいっとき肉茎が暴れた。荒い息を吐く間に枕をつかんでいた力が抜け、麻里はベッドで勇輝と足を絡ませて肩を上下させていた。

上掛けを引き寄せた勇輝と寄り添い、たがいの体温を楽しむように肌をすり合わせる。うとうとまどろんでいた麻里は、ふと聞いたことのある音に気がついて目を開けた。

スマートフォンのバイブだ、とすぐ気がついた。ベッドサイドにある麻里のスマートフォンはぴくりともしていない。

ぱっと身を起こした勇輝が、スーツをかけたハンガーに向かった。

ポケットから取り出したスマートフォンを確認した勇輝は、難しい顔をしてそれを耳に当てる。

「はい、木原です。おはようございます。いえ大丈夫です。なにか……はい」

はだかのままの勇輝の背中を見つめるのも照れがあり、麻里は上掛けの陰でそっとパジャマを着る。時刻を確かめると、朝の七時をわずかに過ぎたところだった。

「現地は……はい、確かですか」

勇輝の声は緊張していた。通話をしながら、器用に着替えていく。

「いえ、一時間もあれば。はい、そうですね――」

通話を終えた勇輝は、ネクタイをコートのポケットに詰めこむと麻里に強張った表情を向けた。

「ちょっとトラブったみたいだ。会社行ってくるよ」

「そうなの？　待って、駅まで送るから」

「平気、そこの大きい道路、タクシー拾えるかな」

わずかだが、勇輝の声がいつもよりかたく感じられる。

「うん、あそこけっこうタクシー通ってるよ」

「わかった。また連絡するよ――愛してる」

くちびるを重ねたが、勇輝の緊張が伝わってきて、麻里はひどく不安になった。

玄関を出て勇輝を見送る。一度振り返り、手を振った勇輝は、走り出していた。

「気をつけてね……」

いいそびれてしまった言葉は、朝の冷たい風に吹かれ、まぎれて消えてしまった。


出社している顔はまばらで、みなラフな格好をしていた。

休日出社するので、といい残して昨日定時になるなり退社した麻里宛てに、いくつか仕事が残されていた。

年末年始、初詣でにぎわう神社の敷地を借り、陶器を並べるイベントが催されることになった。準備にすこし遅れが出ていて、それを補うための休日出社である。

麻里はいまだけ休日出社していればいいが、営業は当日イベントに駆り出されるのが決まっていて、なんだかかわいそうになる。

延々と数字を入力する作業をしていると、肩が凝ってしまうのでときどきのびをしてほぐした。専用の入力ソフトの使い勝手が悪くて、若干うんざりする。

「はるちゃん、社長が出前取っていいって。みんなの注文訊《き》いてきてくれる?」

小松が蕎麦《そば》屋のメニューを突き出してくる。受け取ったそれを開く前に、たぬき蕎麦にしよう、と麻里は決めていた。この店はやけに天かすのおいしい蕎麦屋で、出社した面々に注文を取っていくと、大半がたぬき蕎麦を希望した。

「春原さんはなににしたんですか?」

やはり休日出勤していた武田に尋ねられる。

「たぬき蕎麦です。ここの、あんまり油っぽい感じがしなくておいしいんですよねぇ」

「僕もおなじので。お休みなのに、彼氏さん寂しがってませんか?」

あはは、と空々しい笑いを返した麻里に、武田は真剣な顔をしている。

「あー……彼も、休日出勤なので」

「そうなんですか? もしかして、社内にいたり?」

「まさか!」

否定し、麻里は注文するためにその場を足早に離れる。勇輝とのことを冷やかされたり、聞き出すような質問をされるのはいまだに苦手だった。

フロアに戻って注文すると、注文が多いので配達は二回に分ける、とその場で蕎麦屋に告げられる。

よくあることなので了承し、注文した社員たちに報告した。

「はるちゃん、なんか急ぎのことしてる？　余裕あったら、ちょっとこれコピーして片づけてくれるかな」

常務から声がかかり、麻里はそれなりに枚数のあるファイルを受け取った。

作業に飽きていたので、すこし違うことができるのがうれしい。麻里は快諾して、すぐコピー機に向かう。

「朝のニュース、見た？」

常務が話しかけたのは小松だった。

「朝ですか？　テレビ見てなくて。なにかありましたか」

「チェコの方だったかな、列車事故。死傷者はないらしいんだけどね」

「ああ、それはよかったですね。人死にだけはいただけませんから」

不幸中の幸いとばかり、小松はしんみりした声で返した。

「それが、その列車に木原観光さんの荷物載ってたらしいんだよ」

コピー機が吐き出した紙を揃えていた麻里の手が止まりかける。

「ほんとですか、それ」

「ほんとほんと。横転して、ほとんど荷物はだめになったとか」

「まあ……残念ですけど、死者がなかったなら」

今朝のあわてた勇輝の様子を見ていた麻里は、血の気が引いていた。

頼まれた雑事をすませ、ファイルを片づけた麻里は手洗いに走った。個室でポケットからスマートフォンを取り出し、勇輝に連絡を取ろうとするが、なにをいえばいいのかわからない。結局ＬＩＮＥで「列車のこと聞いたよ、どうか無理はしないでね」と送るに留めた。既読はつかず、しばし画面を見つめていた麻里は、ため息と一緒に液晶の明かりを落とした。

蕎麦屋の出前持ちが訪れ、ほかの女性社員と共に届いた蕎麦を分配する。先にほかのひとに器を渡し、なにも手につかずそわそわするうちに残りの注文分の出前も届いた。

いつもならおいしいと楽しめる蕎麦も、勇輝のことが気になって味をほとんど感じない。

食事を終えた麻里は、給湯室で器をすすぐとすぐおもてに出た。

ためしに佐恵子に電話をしてみる。昨日のお礼もあるし、もしかしたらなにか知らないだろうか、と考えたからだ。

『麻里ちゃん？　昨日はありがと！　彼氏さん大丈夫？　事故大変みたいだけど』

先に佐恵子の方から話にふれ、ではほんとうなのだ、と麻里は目の前が真っ暗になる。

吉報よりも凶報の方が、いっそうはやく業者のなかを駆け巡る。

『トモのとこに、つき合いのあるよその窯からさっき電話あって……最初は仕事の話してたみたいなんだけど、途中で事故の話になったって。そのひと、彼氏さんの会社とつながりあるらしくて、この時期に事故なんてなぁ、って』

「……そうなんだぁ」

勇輝が今朝見せた強張った表情がよみがえる。彼のことが心配でならなかった。そこから佐恵子がなにを話していたか、あまり記憶に残っていない。

気もそぞろながら、こなすべきものをこなして麻里は席を立った。

三時を過ぎたところで、いつもならヘルプの声がかかったり、ほかになにかないか麻里から尋ねるが、今日はすぐ帰り支度をした。

「はるちゃん、帰るの？」

常務がビニール袋に入ったお菓子を突き出してきた。

「今日元気ないなぁ。甘いの食べて、風邪引かないようにな。休日出勤お疲れさん」

「ありがとうございます、お先に失礼します」

フロアを出ると、反対に社屋に入ってこようとする武田と顔を合わせた。

「お先に失礼いたします」

「あ、お疲れさまです——あの、春原さん」

呼び止められ、麻里は足を止めた。

「もしかして僕がご飯誘ってたの、迷惑でしたか？」

唐突な質問に、麻里は武田の顔を見つめる。

「そんなことは……なにかありましたか？」

「とくになにかあったわけじゃないんですが……もしかして、僕が誘ったことを彼氏さんからなにかいわれたんじゃないか、って」

麻里は微笑み、顔の前で手を振る。

「会社のひととご飯食べに行ってる、っていうのは知ってます。会社の同僚だってわかってますから」

「……そうですか」

武田の目が逸らされたのをいいタイミング、と麻里は足を動かしはじめる。

「それじゃ、お先に失礼します」

社屋を出るなり、麻里の歩く速度を上げていた。

勇輝がどうしているのかわからないが、はやく連絡を取りたかった。

駅で時間を潰し、夕方になっても連絡がないので自宅の最寄り駅に向かう。到着しても所在なく、駅前のファミレスで時間を潰した。

麻里が送ったＬＩＮＥのメッセージに既読はついていたが、返事をする余裕はないのかもしれない。連絡がないのはしかたない――不測の事態に見舞われているのだ。

わかってはいるが、勇輝がトラブルの渦中にあるというだけでも気分が落ちこんでしまうものだった。

麻里はとぼとぼと自宅アパートに足を運んだ。

部屋で料理のストックを温めこたつに広げていると、勇輝からＬＩＮＥのメッセージが届いた。

今日も勇輝は麻里の部屋に泊まることになった。料理にラップをした麻里は、そわそわしながら勇輝が到着するのを待っていた。

駅に着いた、向かってる、見えてきた。

こまかくメッセージが届く。

訪れた勇輝は朝の強張った表情ではなく、全身に疲労をにじませていた。

手にした大荷物を床に置き、

「シャツとか、着替え買ってきたんだ」

勇輝が着替える間に料理を温め、こたつにふたりして足を入れたときには、麻里も気疲れでぐったりしていた。

「それにしても、事故のこと会社で聞いたの？　話はやいなぁ」

「会社で聞いたときには、それっぽいよ、くらいの話だったんだけど……昨日会ったお礼もあって佐恵ちゃんに電話したら、もう知ってたよ」

麻里の疲れは、勝手に勇輝を心配していたたんなる気疲れだ。彼に会えてほぐれてきている。

佐恵子から伝え聞いたところを話すと、勇輝はむずかしい顔をした。

「話が広まるのはやいなぁ……やっぱり、俺も横のつながりほしいな」

つぶやくようにしていい、料理を口に放りこんだ勇輝は眉をひそめている。

食事をしながらの会話は、自然と事故の話になっていた。

勇輝の父はホテルで使用するメインの食器を国外で調達する、と張り切っていた。探すうちに気に入ったものがあったらしく、時間はかかったが大量に買いつけることができた。

その肝心の商品を輸送中の事故だった。

「原因はまだわかってないらしいんだ」

「それで……食器は？」

「それなんだよなぁ。買ったものをこっちに運ぶ途中の事故だから、製造元には責任ないんだ。丸々損失になりそう……けっこうな額になるのはもちろんだけど、ここまでかかった時間を考えるときついよ。これからべつの工房に問い合わせて、って話になってるんだけど、数が多いからどうなるかなぁ、って」

「開業だから、すごい数が必要だよね……」

会社の仕事で、季節毎にやり取りされる食器の流れを見ている。すべてを一から、となると、かなりの数になる。

「適当に揃えればいいってものじゃないからなぁ」

「……ほかにも、木原観光の話、いろいろ聞いた」

「えー……悪い話？」

麻里の顔つきをうかがって、勇輝は眉をしかめた。

「……お父さんは国外びいきだよね、って」

勇輝がうめく。肯定だな、と麻里は苦笑する。

「で、ゆうくんが挨拶まわりしてるのも話に出てた」

「俺？」

「うん。どのあたりまわってたの？」

いくつかが挙げた窯元は、麻里でも知っているところがふくまれていた。

「やっぱりさ、なんだかんだいっても地元のもの使いたい。その方がホテルのイメージアップにもなると思うんだ。食材と景色だけ地元のもので、あとは海外、って……なんか味気なくて」

勇輝は食事を終え、箸を置いた。

木原氏は近隣で生産されている食器を使おう、という勇輝の提案を保留にし、いまも海外メーカーを探しているという。事故で製品がだめになってしまったくだんのメーカーは、小規模な窯元のため再度必要量を生産することが難しいのだった。

「地元のを使うのあきらめられないから、ひとりでも挨拶まわり行ってたんでしょう?」

尋ねると、勇輝は口をもごつかせた。

陶器はいくら大切に扱ってみても、アクシデントで損壊しかねない。ホテルで使うなら、利用客もふれるためなおのことアクシデントの起こりやすさは高まってしまう。

一度の買いつけで終わるものでもなく、二度三度とやり取りは続くのだ。

「……ゆうくんが動いたら、だめなの?」

「勝手なことは……」

「ひとりで木原観光の木原です、って挨拶まわりするのは勝手じゃないの?」

空の食器を前に、ふたりは黙りこんだ。

勇輝がまわっていた窯元は、麻里の知る限りやさしい風合いの作品をつくるところだ。もてなしにそういうものを供したい、という勇輝の願いがうかがえる。

麻里はスマートフォンを取り出した。

怪訝《けげん》そうな勇輝に、

「佐恵ちゃん、ゆうくんのこと心配してたから」

電話をかけはじめても勇輝はなにもいわなかった。

コール音を聞きながら、麻里はどうしようか迷っていた。

『はーい、どしたのー』

佐恵子は開口一番、悩みを溶解させるような明るい声を聞かせてくれた。

「いま平気？」

『うん、お店も閉めたから』

「昼に話してた事故のことって、広まっちゃってるかなぁ」

勇輝がぎょっと目を剝いた。

『いい話のタネになっちゃうからねぇ。たぶんあっという間じゃないかな』

さらりと佐恵子は恐ろしいことをいう。

「まあ……そうだよねぇ」

麻里の浮かない声に、差し向かいにすわる勇輝は情けない顔になっていく。

『これぱっかりはしかたないよ』

「佐恵ちゃん、たとえば、なんだけど」

勇輝の目を見ながら、麻里は問いかける。

「たとえば、近場の……県内の窯元に声かけてみたらどうなると思う？」

『県内？　ああ、壊れた分を集めるの？』

問いかけた麻里の声はすこしかたい。

なにか察したのか、佐恵子もまた慎重な声で話した。

「まとめて一気に揃えるんじゃなくて、特長がわかるようなサンプルを集めて、それでオーケー取れたら話を進めるの。そういう前提で声かけていって」

『めんどくさいこと考えるねぇ。ただみんな仕事は欲しいからさ、いい顔はしなくても協力はしてくれるんじゃない？』

勇輝の表情は強ばっている。しかし瞬きも忘れ、麻里を見つめている。

『あたしさ、いま店員さんやってるじゃない？』

「うん」

ほんとうにやるとは思わなかった、と佐恵子は口にしていた。それでもほかならぬ彼女自身の提案だ。そこから転がっていき、いっぷくどうというかたちになっているのだ。

『楽しいよ。提案してそれが動き出すのって、責任感じるしときどき怖いけど、やめたくならないし。いってよかったと思ってる』

佐恵子が楽しそうに働く姿を麻里も見ている。

『なにか進展したら教えてね』

「ありがと……またね」

ばいばい、と最初とおなじく明るい声でいう佐恵子との通話を終え、麻里はスマートフォンをこたつに置く。

口を開かず、しばらく使い終わった食器を睨むようにしていた。

しかしどちらからともなくのろのろと立ち上がり、食器を手に流しに向かう。

並んで立ち、麻里が洗いものをするのを黙って勇輝は見ていた。

視界の端から勇輝が消えた、と思ったら、彼は背後から腕をまわす。おなかの前で手を組み、勇輝は麻里の背中にぴったりと密着した。

洗いものはしづらくなったが、背中が温かい。

「……ひとりで先走るのは、やっぱりまずい」

背後から耳元に吐息がかかる。麻里は洗いものの手を止めた。

「ゆうくん、お言葉ですが」

勇輝の手を取り、麻里は彼の方を向く。

「ゆうくんのお父さん、ただ気に入ったから、って自分の好みを優先しているように見えるんだけど」

それでいいものが揃うならいいのかもしれない。なにより責任を負えるのだから。

「しかたないな、ってゆうくんが一歩引いてるのって、お父さんが社長さんだから？　自分の意見が叩き潰されるのがいやだから？」

「……それは」

勇輝の目が逸らされて、麻里は肩で息を吐いた。

「こっちが好みだから、って理由で保留にされるのって、納得できるの？　サンプルでもいいから見てもらえるようにしようよ。行動した上でだめだっていわれたんじゃなきゃ、絶対後悔するよ。前の私たちみたいに」

「それは……」

煮え切らない勇輝の手をつかみ、麻里は強くにぎりしめた。

「自信ないの!?　ゆうくんがいいと思ったんでしょ!?　ゆうくんがホテルで使ってお客

さんにご飯食べてもらいたいって思ったんでしょ……」

段々興奮してきて、麻里は目に涙が浮いてきた。

「……プレゼン……して、みるか」

苦しげに勇輝は吐き出す。

「う、うつむいちゃだめなんだからね……！」

涙が浮いたせいで、鼻がぐしゅ、と鳴った。

「ゆうくんがうつむいたら、紹介する食器をつくった職人さんたちがはずかしい思いするんだからね」

「……う、うん」

「自信持って！　もしだめだとかいわれちゃうことになったら、かかった費用は私が全部持つから。買い取るから！」

「落ち着けよ、そんな話は……」

「だって好きでいまの会社いるんだもの、ゆうくんみたいに、ここのものがいいって推してくれるのうれしいもの！」

じわ、と勇輝の目の色が変わった。

「……そうだよな、好きなものを勧めるんだし……」

麻里の手をにぎり返し、勇輝は微笑んだ。

「ちょっと、やってみる」

声はちいさかったが、聞き逃さなかった麻里は勇輝の胸に抱きついていた。

6

日曜日のためか、出発したとき道はひどく混み合っていた。

勇輝が借りてきたのは社用車だ。乗りこむとかすかにタバコのにおいがした。

朝はやくから車で出発したふたりは、県内の窯元を巡回するつもりでいた。

昨夜勇輝は麻里の部屋で、スマートフォンを使って窯元をまわる順番を考えていた。

信号待ちの車中でスマートフォンを渡され、勇輝がつくったリストを確認する。

効率よくまわることを重要視したリストだと思い、麻里は勇輝に向かってうなずいた。

郊外に向かうにつれて、道は徐々にすきはじめた。

各窯元をまわるというが、連絡を入れられるのは訪問の直前であり、要はアポ無しで訪問することと大差がない。

実際、訪れた窯元では、責任者がまだ出勤していなかったり、日曜日なので休んでいたりする。ただ挨拶に訪れるのではなく、協力の――しかもこちらに都合のいい――お願いをするのだ。まず窯元が比較的多い地域をまわったのだが、一応は勇輝の話を聞き名刺を預かってくれるものの、いい顔をしないひとが大半だった。

確約はなにも取れず、次の窯元へと勇輝は車を走らせる。

途中に広く駐車場のスペースを取っているコンビニエンスストアーがあり、勇輝は車を停めた。

「……甘いもの、食べたいな」

ため息まじりの声だ。疲労を感じさせる声だった。

「疲れちゃった？」

「さすがに顔出しするだけの挨拶まわりとは違うなぁ」

なにか買って休憩しよう、と店の方に目を向けた麻里は、その場で身を強張らせた。

店の自動ドアの先に、知っている顔があったからだ。

「た……武田さん」

自動ドアが開き、そこにいる武田は麻里のとなりに立つ勇輝の顔を凝視する。

武田は勇輝の顔を知っている。おそらく武田の耳に、事故の件も入っているはずだった。

武田は大股ですたすたと目の前にやってきた。

「春原さん、ええと……お出かけ中、ですよね」

武田はジャケットの内ポケットから名刺入れを取り出した。

「木原観光の木原さんでよろしいですか？」

勇輝もおなじく名刺入れを取り出すと、コンビニエンスストアーの駐車場で名刺交換がはじまった。

格式張った挨拶するふたりを尻目に、麻里はコンビニエンスストアーに入る。

温かい飲みものと肉まん、チョコレートを手早く買って戻ると、すでに会話は砕けた調子になっていた。

「えー、それじゃもう婚約するんですか？　だって、えーと、え？　半年経ってないのってスピード婚みたいになりませんか」

武田がさも驚いた、という声を出している。

「でも婚約即挙式、ってわけじゃないですから」

なにをどう話したのだ、と勇輝を睨むと、彼は麻里ではなく買いもの袋に飛びついた。

「食べよ食べよ、腹ごしらえしないと」

湯気を立てる肉まんに勇輝はかぶりついた。麻里は武田にも肉まんをひとつ差し出す。

武田は困ったような顔をした。

「僕に？」

「よければ、どうぞ」

差し出した肉まんを少しの間見つめてから武田は受け取った。おなかがいっぱいなのだろうかと思った麻里の目の前、武田は勇輝同様にかぶりつく。

「……春原さんが木原さんとおつき合いしてるのもびっくりしましたけど、こんなとこで会うとは思いませんでした」

「私もびっくりしました！　今日はどうしたんですか？」

連れはなく、武田はひとりらしい。

「ああ、茅野《ちの》陶芸ってあるじゃないですか、そこの先代のお誕生会に呼ばれてきたんです。ようは飲み会なんですけどね、せっかくだから飲んで泊まって行けって」

「それじゃ、昨日から？」

勇輝に向かって武田はうなずく。

「先代って八十になるんですけど、僕なんかよりえらい勢いで日本酒飲んで……殺しても死ななそう、の典型でした」

へえ、と麻里と勇輝は声を揃《そろ》えた。

元気なお年寄りに対する「へえ」と、その場に呼ばれる武田に対する「へえ」である。

感嘆の声だった。

武田はちいさく笑った。

「おふたりは？　近場に週末旅行ですか」

勇輝は麻里から受け取っていた温かいお茶を一口飲み、

「事故のこと、お聞きになってますか」

「……はい、大変な状態ですよね。さすがにのんびり旅行に出ているどころではない状態だろうなぁ、とは思ったんですが」

事故の原因は、列車のメンテナンスの不備によるものだった。ひとつの不備による波紋は、様々な結果をあたりにまき散らす――現地でも責任問題などが噴出しているはずだ。

「地元の食器を使わせてもらえないか、と窯元に声をかけているところなんです」

「そうなんですか？　うまくいってます？」

返す言葉をふたりは持たなかった。しかし沈黙は雄弁に語っている。

「ここで会ったのもなにかの縁だと思います。僕も同行させてもらっていいですか？」

渡りに船だった。

勇輝がつくったリストを見せると、ざっとそれを眺めた武田は、すぐにスマートフォンを返した。

「とりあえず、茅野陶芸にうかがいましょう。工房までは距離がありますけど、お住まいが近いですから」

二台の車で出発し、民家の間を進む。民家と民家の間に距離があり、雪がところどころに残っていた。最近まとまった雪は降っていないが、日中でも日影になる部分には、麻里の住まいの近くでも雪が残っていた。

雪を見てクリスマスのことを思い出した。

勇輝に贈るものが決まらず、宙に浮いた状態になっている。

部屋を引っ越すともいっていたが、新居を探す余裕もない。列車事故があって加速した忙しさはいつまで続くのだろうか。

そう思ったとき、前を走る武田の車が民家の前のほそい道でハザードランプを点滅させ、減速していった。

「困ったときにだけのこのこ出てきて、調子良すぎるだろ」

きっぱりとした声で、その老人はいった。

「外国のを使うって話になってるんだろ。事故でそれがお釈迦《しゃか》になったのは気の毒だが、それとこれとはべつだ」

茅野家の面々は、武田が連れてきた麻里と勇輝に最初戸惑っていた。居間に通されたが、アルコール臭をさせた茅野老人が現れ、勇輝の申し出を断ると場の空気が強張った。酔っているのだろう、茅野老人の言葉はいささか乱暴である。しかし麻里は茅野老人の言葉に好感を持った。今日まわった窯元のひとたちより、ずっと率直に話してくれている。

座卓を挟み、正座していた勇輝は深く頭を下げた。

「どうかお力添えいただけないでしょうか。ぜひ土地の作品を――」

「了承したとこで、確約じゃないんだろ。で、だめでした、ってときあんたどうするの」

その和室には、茅野老人の息子夫婦並びに孫夫婦が顔を並べている。武田は先代といっていたが、茅野陶芸の決定権を持つのは茅野老人であることは明らかだった。

「そういいますけど」

明るい声で武田が口をはさんだ。

「おなじ地元でホテルを開業しようっていうんです、仲良くしましょうよ」

鼻から大きく息を吐き、茅野老人は不満を表した。

「だってこれ、すごくいい話ですよ。おいしいです。恩も売れます」

「……またおまえ、そんなこといって」

「話が通れば、茅野陶芸が認められたってことになりますし」

「通らなかったらどうすんだ」

「そりゃ木原観光の見る目がなかった、ってことですよ」

しれっと武田がいうと、茅野老人は呵々《かか》と笑い出した――武田はこの老人におそろしく気に入られているようだった。

茅野老人が笑ったことで、家族がまとっていた緊張が一気に解けたようだ。一緒に笑顔を浮かべ、肩の力を抜いていく。

「名刺、そこに置いてけ」

茅野老人に麻里は頭を下げた。

勇輝は座卓の上に置いていた名刺を、茅野老人の方に差し出す。ひとつ茅野老人がうなずき、勇輝も頭を下げる。

「じゃあ、引き上げましょうか。茅野さん、ありがとうございます」

話は終わったとばかりに、武田は腰を上げた。

「おまえの顔立てたんだ、また飲みに来いな」

「はい、またおいしいお酒ごちそうしてください」

武田が目でうながすので、ふたりも腰を上げる。

「本日は突然お邪魔して申しわけありませんでした」

「ありがとうございました」

茅野老人は麻里たちにはうるさそうに手を振ったが、和室を出るとき勇輝の名刺を手に取りまじまじと見つめていた。

おもてに出ると、あたりはすっかり暗くなっている。いつの間にか雪がちらつきはじめていて、麻里は大きく息を吐いた。

道を挟んだ先にある自動販売機で、温かい飲みものを買って振り返る。おなじく真っ白い吐息を吐き、勇輝と武田はスマートフォンのリストをのぞきこんでいた。

遅くに訪問するのは失礼になりかねない。次をどうするのか話し合っているのかと思った麻里は、近づいてみた。温かいお茶を差し出すと、勇輝も武田も飲まずに両手ににぎりこんで暖を取りはじめる。

「ここはいまから行っても大丈夫だと思います。ここは絶対に先に連絡しないとだめです。ここところは、最後にまわして大丈夫」

武田はこまかく指示し、行けそうな場所にとりあえず向かおう、とそれぞれが車に乗りこむ。

武田がこれからうかがっても大丈夫、と太鼓判を押した三軒の窯元をめぐった。色よい返事をくれたのが一軒、ほかの二軒は「まあ話はうかがわせてもらいました」と曖昧な返事ながら、邪険にされている印象は薄かった。

それを麻里が口にすると、武田はうなずいた。

「茅野さんが連絡してくれてます。さっきお宅を出るとき、こっそり教えてくれて」

「茅野さんが?」

「はい、あのひと顔広いんですよ。陶芸協会のひとたちにも顔利きますし。茅野さん、じいさんだけあって長くこの仕事してるから、あのひとの世話になってるひと多いんですよ。茅野さんが名刺を受け取ってくれた以上、あれこれ世話を焼いてくれるはずです。口は悪いですけど、いいひとですよ。だから茅野さんを無下にしたらだめです」

武田が同行してくれたから、茅野老人との縁にあやかれた。勇輝が礼をいって頭を下げると、武田は微笑んだ。

「今日はこれ以上まわるのは無理でしょうね」

三軒目の工房を出たころには、雪は止んでいた。だが空気はひどく冷たく、風が強くなっている。

「明日の朝一に電話連絡してアポ取れば、何件かはうまいことといくと思います」

一気に相手の態度が溶解している。麻里は驚いていた。

「私たちだと、話もあんまり聞いてもらえなかったのにね……茅野さんにだって、会ってもらえなかったんじゃない？」

武田は顔の前で手を振る。

「当たり前ですよ、こっちは何年営業やってると思ってるんです。休日潰して、釣りに同行したりしてるんですよ僕」

「……そういうの、必要なの？　大変じゃない、武田さん」

営業がそんなことまでしているとは思いもしなかった。

「なにいってるんですか、一朝一夕の木原さんにおなじ成果をいきなり出されるようじゃ、僕たち営業の立つ瀬がないですよ。まあ僕はたまたま客先に気の合うひとがいて、仕事はさておき休みの日に一緒に遊んだりしてるだけです――ってことにしておきます」

スマートフォンをしまい、勇輝は武田の方を向いた。

「こんなにしてもらって、いいのかな。お得意さんとの関係を……分けてくれてるわけですよね」

武田の表情は暗くてよくわからない。

「僕から……春原さんへの結婚祝いみたいなものですよ。春原さんの旦那さんの仕事、うまくいってる方がいいじゃないですか」

「えっ……ええっ」

結婚祝いだなんて、と気のはやさを否定しようとしたが、勇輝はなにもいわない。

武田が白い息を踊らせ、

「明日、木原さんはこのまま窯元めぐり続行するんですか?」

「そのつもりでいます」

「早朝に自分が春原さんを家か会社か、どっちか近い方に車で送りましょうか。で、今晩はどこか旅館なりビジネスホテルなり探して泊まるとか」

ううん、とふたりしてうなった。

九時をまわっていて、これから帰ることもできなくはない。しかし木原が窯元をめぐることを最優先にすると、麻里を家まで送るのは得策ではないと思われた。今日のところは、このあたりで宿を探すことにした。

「それで私は明日の朝、いちばん近い駅から電車で戻ります」

「……そうですね、結婚前の女性が、ほかの男といるのは人目が怖いですね。それなら、せめて朝に駅までは送らせてください」

せっかくの武田の申し出を断るのは、麻里としてはすこし心苦しかった。察してくれた武田がひとり納得してくれて、とても助かった。

近くの宿に連絡を入れてみると、空き部屋があるといわれた。

二台の車を走らせてたどり着いてみると、よく清掃され、印象も清掃も明るい旅館だ。しかしフロントに声をかけてみると、部屋の用意が十分にない、と恐縮されて三人は顔を見合わせた。

よくよく尋ねれば、空いているのは一部屋だけだった。

「二部屋ご予約とのことでしたが、申しわけありません……」

一部屋に三人で宿泊することは可能だ、と受付は申しわけなさそうに言葉をつなげた。

「時間も遅いし、もうその部屋でいいんじゃないかな」

勇輝の一声をきっかけに、三人はその旅館に泊まることにした。

ルームサービスでお茶漬けを頼み、慌ただしく温泉に入って就寝となった。

三組の布団を敷き、勇輝を真ん中に川の字になる。

「カップルとおなじ部屋って不思議な気持ちですね」

「空いてないなら、それはもうしょうがないですよねぇ」

明かりを消した部屋で川の字になっていると、確かに不思議な気持ちになった。武田と同室で横になることがあるとは思っていなかったことだ。木原の向こうに武田がいると考えたら、なかなか寝つけないかもしれないな――そう思った瞬間、大きなあくびが出て麻里は胸のうちで前言撤回した。

ところで、と武田が話しはじめる。

「春原さんのこと、どうやって射止めたんですか？　なんていうか、いっちゃ悪いけど、春原さんちょっと鈍いところがあると思うんですが、楽勝でしたか、もしかして」

「うーん……まあ、元々大学のとき知り合ってたっていうのが大きかったですね」

「春原さん、社内で粉かけてる奴いたのに梨のつぶてで」

驚いて麻里は飛び起きそうになった。

「そんなひといたんですか!?」

くぐもった笑い声がふたり分聞こえる。

「……いましたよぉ」

武田の語尾はあくびに飲まれている。

「い、いたかなぁ、そんなひと……気がついてたなら、武田さんいってくれたらいいじゃないですか」

「……ほんとうに、鈍いんですよ」

今度はふたり分のため息が聞こえて、麻里はすこし居心地が悪くなった。

「鈍いから、捕まえたらもう離さないで……しあわせになってください」

「はい……肝に銘じておきます」

誰だろうか。勇輝の返事を耳にしながら、社内の顔を順番に思い起こす。どれも思い当たらない。もしかしたら武田はからかっているのだろうか。

そう尋ねようと思ったが、勇輝の向こう側から武田の寝息が聞こえて断念した。

暗闇に目が慣れ、暗い天井を麻里はぼんやりと眺めた。武田の寝息を耳にしていると、となりの勇輝が動くのがわかった。

麻里の上掛けのなかに勇輝は手を入れてきた。

それをにぎると、しっかりと勇輝もにぎり返してくる。

勇輝の手のぬくもりを感じると、眠気が唐突に強くなった。

おたがい手をにぎる強さが徐々にゆるんでくる。

再会してから与えられた彼のぬくもりに、麻里はもう病みつきになっている自覚がある。

もっとふれていたい。

そう思いながら、麻里は眠りに落ちていた。

●

そもそも、と麻里は緊張しながら考える。

どうして自分が同席することになるのか。

大きな姿見のなか、かたい顔つきの麻里に着物が着せられていく。成人式のとき以来だ。

先週末にまわった窯元は、みな最終的に協力してくれることになった——それはいい。うれしいことだし、成功しますように、と麻里は祈った。

祈るだけのはずが、土曜日に駆り出されていた。

「……そんなに、カチンカチンに緊張しないの。緊張するのはわかるけど、しすぎてもいけないから」

「は、はい……」

着付けてくれているのは、佐恵子の伯母だ。

この週末でいよいよ勇輝へのクリスマスプレゼントを決めるつもりでいた麻里だが、早朝にかかってきた電話で買い物を取り止めにした。

時間を取ってほしい、と手短な電話をよこした勇輝は、すぐ車で迎えに現れた。後部座席に佐恵子の伯母が乗っていて驚いたが、駅前にあるシティホテルに車は到着した。

車内での説明が頭でこだましていて、麻里は硬直している。

食器を集めることができ、そのプレゼンテーションを木原氏にすることになったので、麻里に立ち会ってほしい、と。

簡単なメイクにデニムで出てきていた麻里は、車内で思い切り首を横に振っていた。

そこで口を挟んだのは佐恵子の伯母で、

「おばさんが着物貸したげるから、ね、安心して」

ホテルに着くなりメイクルームに引っ張って行かれ、すでに待機していた美容師が顔と髪を整えてくれる。お膳立てがされていて、逃げ場のなさに麻里の頭は混乱を深めた。

メイクが終わると、麻里は佐恵子の伯母の手で着物を着付けられていく。

着付けなどまったくわからない麻里だが、佐恵子の伯母の手際がいいのがわかる。今日も彼女は着物姿で、いつも着ているのだろう、と予想できた。

移動中に受けた説明は、乗車時間に比例してとても短かった。

地元の窯元の協力が得られたため、ホテル事業の社長である木原氏がサンプルを検分することになったのだ——海外での調達が難航していることが大きな理由のようだが、勇輝がすべてを準備したという。

自分は裏方をするのだろう、と思った麻里は、ふたつ返事で引き受けた。

だが裏方ではなかった。

器をプレゼンする場に麻里も立ち会え、というのだ。

そのために佐恵子の伯母から着物を着付けられている。

鏡のなかの麻里は、紺地の着物を着て背筋をのばしている。上品な色味のためか、顔色が明るく見えていた。

「あんまり着物ってなじみないでしょう、若い方は」

緊張しているなか、佐恵子の伯母のやわらかい口調はありがたい。うなずきながら、言葉を探す——頭を動かすことができた。

「高いから手が出せない、っていうイメージがあります。着慣れてる方に聞くと、日常使いできる着物もあるよ、って教えてくれるんですけど」

「晴れ着晴れ着っていって、特別なものっていうイメージがあるから……今日はお父さまにご挨拶するんでしょう？　こんな日に着てもらえて、きっとこの着物も喜んでるわ」

挨拶も兼ねているのか。麻里が固唾を飲むと、着付けが終わったのだろう、佐恵子の伯母が麻里のまわりを二周確認するようにまわった。

「似合ってる！　私、前に麻里さんに失礼なことしちゃったでしょう……どうしてもお詫《わ》びしたくて。ほんとうに申しわけありませんでした」

「そんな、事故だったじゃないですか……気になさらないでください」

鏡の横でこちらの様子を見ていた美容師が、うかがうような声をかけてきた。

「チェックさせていただきますので、よろしいでしょうか」

崩れがないか見てくれるらしい。

「それじゃ、ちょっと私はお手洗い行かせていただきますね」

小走りで佐恵子の伯母が出て行くと、鏡越しに美容師が話しかけてくる。

「お着物、牛首紬《うしくびつむぎ》ですよね……すごいですね」

「いえ、私はお借りしているのでちょっと……」

名前を聞いたことはあるが、自分が袖を通しているものが、地元の名産品である牛首紬だとは知らなかった。

「あの方、三枝《さえぐさ》さんですよね。お知り合いなんですか……？」

「あ、友達のおばさんで――ご存じなんですか？」

話がよく見えず、麻里はすこし首をかしげる。

「知り合いではないです、こちらが知ってるだけで……呉服店を経営されてる、着物コンサルタントの方ですよ」

そうなのか、と納得する。呉服店に勤めるなら、着物に慣れていても不思議ではない。

手洗いから戻った佐恵子の伯母――三枝に連れられ、ホテルの廊下を進む。

足の沈む絨毯《じゅうたん》を草履《ぞうり》で進む。

歩きにくいな、と思っている最中、美容師の言葉を勘違いしていたことに気がついた――呉服店勤務ではなく、呉服店経営といっていた。要は社長だ。忙しいなか、わざわざ着付けに来てくれたのだろう。先日のお詫びと言っていたが申しわけなくなる。

「あ、あちらね」

二階に上がると、ロビーに勇輝が待っていた。

スーツ姿の彼の表情が、麻里を認めたとたんにやわらいだ。

「私はラウンジで休ませていただきますので。それじゃ麻里さん、またね」

三枝が二階に来た足で一階に戻っていく。ふたりきりになると、勇輝は麻里をじっと見つめた。

「和服もいいなぁ。よく似合ってる」

「ね……ねえ、これってどういう……いきなりすぎるんだけど……！」

「うん、昨日になって社長が、明日――今日だったら時間取れる、っていうから、急遽《きゅうきょ》あちこちに声かけてて。ここのホテルも部屋空いててよかったよ」

昨夜、勇輝からＬＩＮＥで『今日明日はちょっとばたばたしそうだから』というメッセージが届いていた。それ以降新着のメッセージはなかったため、忙しいのなら、と麻里もわざわざ連絡を入れなかったのだ。

だからといって、と麻里は脳内に吹き荒れる抗議をどう訴えるか考える。

自分がここにいる必要など微塵《みじん》もないのではないか——麻里の考えを汲《く》み取ったのか、勇輝は手をにぎってきた。

「事前に……ろくな説明もできないでごめん。そばにいてくれるだけでいいんだ、俺のわがままにつき合ってほしい」

麻里が返事をする前に、腕時計で時間を確認した勇輝の足が動きはじめる。

ロビーを奥に進むと、木原さま、と部屋の前に案内が立てられている。

勇輝がドアをノックをすると、なかから男性の声で返答がある。

部屋に入ると、すこしこもった空気のにおいがした。

そこには大振りのテーブルが置かれ、廊下同様毛足の長い絨毯が敷き詰められている。

スーツ姿の男性が三名立っていた。麻里の会社の重役たちにも共通しているが、三名とも経験の厚みを感じる顔つきをしている。責任にさらされてきた顔、と麻里が思っているものだった。

中央にいる男性に、麻里の目は引き寄せられた。彼は勇輝より背が低く、身体ががっしりしている。

その顔には、勇輝の面影があった。

彼は麻里を見て微笑んだ。

「こちら、春原麻里さんで――」

「はじめまして、勇輝がお世話になっているそうで……父の木原豊《ゆたか》です」

一気に緊張が高まった。麻里は食器のプレゼンテーションを手伝う添えもの、というていどの認識だったのだ。しかし木原氏は麻里に笑顔を向けているし、勇輝も一歩引いて父と麻里が向き合いやすいようにしてくれている。

「はじめまして、春原麻里と申します」

木原氏は自分の背後にいた男性たちを、簡単に「うちの役員です」と紹介した。

「今日は仕事はお休みで？　せっかくの休日を、勇輝につき合わせてしまって悪いねぇ」

「地元の職人との橋渡しをしてくれたのは、ほかならぬ彼女だから。常々紹介したいとも思ってて――」

ガタガタと音がしたと思うと、ドアがノックされた。

勇輝がドアを開くと、おいしそうな料理のにおいが漂ってくる。

料理が運ばれてきていて、それを運んでいるのは見知った顔――井口だった。

「こちらはスペイン料理店を開かれている井口さんで……」

「井口と申します。本日は旬の海老とブリを中心に、地元の素材を使って料理をさせていただきました」

ワゴンからテーブルにおいしそうな料理が並べられる。

器はすべて、先日勇輝が交渉して揃えたものだった。数カ所の窯元の作品が混在して使われていたが、バランスがいい。たんに集めただけではなく、勇輝がきちんと吟味したからこそだった。

「食器だけじゃなく、料理もあるとは思わなかったな。驚いたよ」

「飾りじゃなく、料理を盛りつけて使うわけだから。どうせなら井口さんにおいしいものをつくってもらったら、皿も喜ぶかと思って」

麻里はうなずきそうになる。

着物が喜ぶ、皿が喜ぶ。ものを大事にする言葉は、聞いていてうれしいものだ。

「それでは、わたくしは失礼いたします」

お辞儀をして井口がいなくなると、木原氏たちは一口料理の味見をする。その顔に浮かんだ表情に、麻里はほっとしていた。楽しんでいるひとの顔というものは、傍で見ているだけでも温かい気持ちになれる。

木原観光の重役たちはちいさな声で二言三なにやら言葉を交わし、うなずいている。

「確かにいいな。この場に出してくるんだ、数の確保も見通しが立っているんだな？　前向きに検討しよう。それで……春原さん、息子と交際しているそうだね」

「は、はいっ」

「周囲の人間が、勇輝と前田さんのお嬢さんが婚約しているものだと思っているのは……知っているね」

「はい、存じ上げています」

「まあ、誤解といえば誤解なんだが、私としては好都合な誤解で——前田家とつながりを持てば、土地と密接な関係を持つきっかけにできるんじゃないかと思っていた。取らぬ狸《たぬき》の皮算用だがね」

「密接な関係を持ちたいなら、それこそ海外の製品に手を出すのが間違いじゃないか？」

冷たい勇輝の声音に、木原氏は肩をすくめる。

「わかってるわかってる、でもあそこの食器、ほんとうにいいもので——」

うっとりした顔をした木原氏に、勇輝はため息をついている。

意見を押し通して使用を決定するほど、その食器に惚《ほ》れこんでいたのだろう。

「約束は交わしてないが、前田くんには私から話をしておくよ。息子が嫁さんを連れてきたから、って」

木原氏は麻里を見ると、歯を見せて笑った。

「きみときみの会社が窯元との橋渡しをしてくれたんだって？　きみが地元と密接な関係

を築けているから、できたことかもしれないな」

「ありがとうございます」

「ほかでもない息子が選んだんだ、私には口出しできないよ。ただ、前田くんのお嬢さんとは、きちんと話をした方がいい……おまえに惚れてたって話なんだから」

困った顔をしながら木原氏が席につくと、役員たちもそれにならう。各々がナイフとフォークを手にした。

「せっかくだからいただこう。勇輝、ここの料理、前に食べたんだろ？」

「うん、うまかったし、きちんとした席にふさわしい味だと思うよ。それじゃ麻里、俺たちは行こうか」

「し、失礼いたします……」

緊張した麻里に、木原氏は料理を頬張ると笑顔で手を振った。やけにこどもっぽく、そうしてみると勇輝と笑顔が似ている。

廊下に出ると、麻里はおなかの底から長い息を吐いた。

「緊張した？」

ロビーまで進むと、勇輝が笑いながら尋ねてくる。

「……した！」

階段で一階に下りていく途中、ソファにすわっている三枝が確認できる。彼女はにこにこ微笑み、麻里を見ていた。

「すっごく緊張した……！」

また息を吐く。

そしてやっと麻里は事態を理解した。


はじめて見た前田の笑顔は、とても魅力的なものだった。

こんなに素敵な表情をするのだ、と麻里は流れ星を見る幸運にめぐり会ったような気分になっていた。

麻里が着付けを解いてもらっている間に、善は急げと勇輝は前田に連絡を取っていた。

ふたりがいたシティホテルの近く、裏通りにある老舗の喫茶店にいるというので、そこに向かった。

古びていて枯れた蔦《つた》がからまっている、どことなく幽霊屋敷を連想させる外観の喫茶店は、それにふさわしく店内も時間に燻《いぶ》された落ち着いた雰囲気をしていた。

席の半数が埋まり、奥の席に前田がすわっている。

向かいの席に麻里たちが腰を下ろすと、前田は笑顔を見せたのだった。研ぎ澄まされた刃物のような表情しか知らなかった麻里は、彼女の笑顔にとても驚かされた。

「なに、結婚の報告にでも来たの?」

やわらかい声で前田にいわれ、勇輝はうなずいた。

「正式に麻里と婚約します。といっても、まだ俺の父に挨拶しただけで、麻里のご家族に挨拶にうかがってませんが」

「……おめでとうといわせたいんですか?」

まったく棘《とげ》を感じさせない声に、麻里は彼女が勇輝をあきらめたのだと悟っていた。

「おめでとうはいえないけど、謝らせてください——先日は申しわけありませんでした」

勇輝の部屋に押しかけたことだ。ちょっと気まずい雰囲気になったが、前田がくすりと笑ってそれも消える。

「逆に、あそこで手を出すようなひとじゃなくてよかった」

その言葉に麻里はほっとしていた。

先日の件以来、なんとなく彼女の話を持ち出せない空気があった。勇輝は前田と接触していないだろうとは思っていたが、離れていた間に、彼女がこんなにもリラックスした表情を見せるようになっていたとは予想外だ。

「こちらこそ、長い間まわりの誤解を解こうともしないで……」

「謝らないでいいです。私の方も、正式なものでもないのに、そこにあぐらをかいていたわけですから」

空になっていたコーヒーカップのふちに前田はふれ、目を逸らしたまま口を開く。

「あなたと家庭を持って、できれば母に孫の顔を見せて——その上で、あなたとしあわせになりたかった」

彼女のなかで、勇輝への思いはまだ完全に過去になっていないようだった。

じくりと胸が痛む。

「おなじひとを好きになるくらいだもの、友達になれないかな」

麻里の口調は、自分でも思いがけないほど砕けたものになった。

前田のみならず、勇輝も驚いた顔をして麻里を見つめてきた。

「だって気が合うと思うよ。学生の頃に好きになって、ずっとずっと好きでいるなんて、私も前田さんもよっぽど執念深いし」

勇輝のことを思い続けて——ひとりは叶《かな》い、ひとりは叶わなかった。

その溝を埋めるものがあるのかわからないが、前田に話したそれは麻里の本心といえる。

「前向きなひとなんですね」

嫌味ではなさそうだった。ただ呆《あき》れたような前田の声に、勇輝が苦笑する。

「だから彼女と添い遂げたいんです。後悔したくないのは自分のためだけど、彼女のことを大切に思っているのは……嘘《うそ》偽りのない気持ちですから」

深く勇輝は頭を下げた。

「祝福してほしいとはいいません、でも彼女と歩いていきたいんです」

「私も、勇輝さんと歩いて行きたいです」

麻里も頭を下げる。

頭上でため息が聞こえた。

「そんな真似しないでよ。私がどうこういえるわけないじゃない」

コートとカバンを手に前田は立ち上がると、テーブルの上の伝票を勇輝の方に滑らせた。

「慰謝料代わりに、コーヒーくらいおごってください」

こちらを一顧だにせず前田が喫茶店を出て行くと、同時に店員が麻里たちが注文したコーヒーを持ってきた。

かぐわしい湯気の漂うテーブルで、ふたりは同時に息を吐く。麻里は勇輝の肩に寄りかかり、目を閉じた。

勇輝は肩に手をまわし、やんわりと抱きしめてくる。

「麻里がいてくれたから、食器が揃えられたと思う。ありがとう」

目を開けると、すぐそばに勇輝の顔があった。

このひとのことがずっと好きで、いまも好きだ。

窓から街を見ると、すっかりクリスマスカラーになっていた。

「クリスマス来るけど……どうしよう」

「そういえば、クリスマスだよなぁ」

のんびりした口振りでそういい、勇輝はコーヒーを飲みはじめた。

●

久々に訪れた勇輝の部屋に入るなり、麻里はフロアモップで床を掃除しはじめた。その間に勇輝はスーツを脱いでいる。

年明け早々には引っ越したい。もう前田が強襲するようなことはないだろうが、しばらくの間、勇輝は麻里の部屋で過ごすことになった。

ふたりで着替えを取りに戻ったのだが、うっすらとほこりの積もったフローリングを目にしたら我慢ができなかった。麻里は掃除をはじめ、着替えた勇輝はボストンバッグに荷

物を詰めこんでいる。

掃除を切り上げた麻里がソファに置いていたコートに手をのばすと、勇輝がソファに腰を下ろした。

「ちょっといい？」

「どうしたの？」

「年始に、麻里のご実家に挨拶に行っても平気かな」

「……話、しておくね」

そうだ、これから一緒に歩いていくために、色々と準備をしなければならない。

横に腰を下ろすと、勇輝は麻里の手を取った。

手のひらを上向けさせて、そこにちいさな箱を置く。

「俺からのクリスマスプレゼント」

ちょっとはやいけど、と笑う声を聞く麻里は、全身に鳥肌が立っていた。

開けなくても、その箱の中身がなにかわかっている。

白くちいさな箱を開けると、銀色に光る指輪が納められており、鮮やかなピンク色の石がはまっていた。

ふれるかどうか迷っていると、勇輝が麻里の手を取り指輪をはめてくれた。わずかにゆるく、勇輝が困った顔をする。

「今度、サイズ直しに行かないとな。ごめん」

「ううん……ありがとう……」

涙ぐみそうになっていると、勇輝に抱きしめられる。

「愛してる」

うなずき、彼の肩に抱きつく。

そして彼の頭ごし、指輪のはまった手をかかげてみる。

いずれ麻里の手には、指輪の跡が日焼けで残るかもしれない——勇輝に贈られた指輪の跡だ。

ぎゅっと抱きしめてきていた勇輝が、麻里のうなじの香りを吸いこむ音がした。くすぐったくて麻里が身じろぐと、勇輝は舌を這《は》わせてくる。

「もう、ずうっと麻里としてないみたいな気がする」

「なにいってるのよ」

「この部屋で最後の……だめ?」

麻里を抱きしめる腕の力をゆるめ、勇輝はボストンバッグを一瞥《いちべつ》する。

「もう持っていく荷物はまとめたし、時間の余裕があると思わないか?」

うなずく代わりに、麻里は勇輝にくちづけた。


先にシャワーを浴びた麻里は、ベッドに身を横たえていた。

目の前に手をかざし、指輪を眺める。顔がにやけてしまうのを止められない。

足音がして、現れた勇輝はなにもまとっていなかった。せめてバスタオルを腰に巻けばいいのに、それさえしていない。屹立《きつりつ》したものがあまりに揺れているので、麻里は思わず目を逸らした。

ベッドに飛び乗るようにして、勇輝は性急な動きで麻里の身体をまさぐりはじめる。

「や……んっ」

了承したからベッドにいるのだが、明るい部屋でいきなり乳房に舌を這わされて、麻里は勇輝の肩を押し返していた。

「そ、そんなにあわてないでも……」

「着物の麻里見てから、こらえるの結構大変だったんだ……浴衣のときも思ってたけど、和服よく似合ってて……すごくよかった」

秘唇に指を進入させ、勇輝は左右に開く。

「っん……あっ」

入り口で指を小刻みに動かされると、ぷちゅぷちゅとぬめった音がする。こみ上げるような快感に、麻里は我を忘れそうになった。

「もう、一週間も麻里としてないんだぞ……ここに突っこんで麻里とつながって、麻里のかわいい声聞きたくて……麻里、入れていい？　こんなに濡《ぬ》れて、麻里すっごくいやらしいよ」

指が二本に増えたかと思うと、ゆっくり出し入れをされた。内側で指を開くようにされると、快感のなかにべつのもどかしい微細な感覚がして麻里はくちびるを噛《か》む。

「ふ……ぅん……っ」

勇輝の指が当たるなか、腰がびくりと反応してしまう場所がある。

「……う、ぁん……っあ」

愛撫《あいぶ》に返す反応に、勇輝が笑顔になった。

勇輝は淫道を慎重にまさぐりはじめ、麻里の反応を確かめているのがわかる。麻里はおとなしく彼の愛撫に身を任せていた。すべてをさらけ出すことに羞恥がある。だが抵抗をする気はなかった。自分だけでは知りようのない隠された場所も、勇輝になら知られてもいい。

「あ！　あっあぁ……っ」

「……ここだ、指でも気持ちいいか？」

集中的に敏感なところをいじめられ、麻里は下腹部に快感がわだかまっていく。

「う、ぁう……んっ」

「麻里のここに……指がしゃぶられてるみたいだ」

もうじき達するのだ、とわかり、麻里はその瞬間を待っていた——なのに、勇輝は指を引き抜いて愛撫を止めてしまった。

「ゆ……ゆうく……？」

「指でイッたらだめだ。ちゃんと……な？」

自分の股間にあるものを誇示し、勇輝は麻里にのしかかった。

麻里は快感を求め、迷わず身体を開く。

蜜壺《みつつぼ》に鈴口が押し当てられると、麻里は目を閉じていた。ああ、と喜びのにじんだ勇輝の声を聞くと、背中にぞわりとしたものが広がった——そして勇輝の猛りはみっちりと麻里の淫道に満ちていく。

「ゆうく……っ」

甘い感覚に陶然としていたが、勇輝から絶え間ない快感を与えられ、理性をさらわれそうになる。広げられた肉壁がこすり上げられるたびに、腰がとろけそうになっていく。

「あぁっ、あ、あっ……ひ、ぅ……ん……っ」

腰を打ちつけられる衝撃で、シーツの上で身体がずれていっていた。勇輝を抱きしめ、麻里は一緒に腰を動かしはじめる。

涙が滲《にじ》み、言葉にならない嬌《きょう》声が止めどなくこぼれ出た。すべて彼との交歓で与えられる快感のせいだった。

半開きにして喘《あえ》ぐ麻里のくちびるを、勇輝は自分のくちびるでふさいだ。勇輝はすでにどの部分が麻里を狂わせるかわかっている。腰使いを変え、反り返った陰茎の先端をそこに当たるよう調整していく。

「ふ……く、ふぅ……っう、うぅ……っ」

麻里の腰が跳ね上がる。しっかりと抑えこんでいる勇輝の腕と腰でつなぎ止められ、麻里の敏感で淫らなドアが叩き続けられる。

頭のなかが白く弾け、麻里は衝動的に勇輝の背中に強く爪を立てていた。

「麻里……っ」

「う……ぅうっ、ふぁ……あぁぁ……！」

ことさら強く突き入れられ、達した麻里が身体を痙攣《けいれん》させるのと、勇輝が射精するのはほぼ同時だった。

肌を重ねるごとに、勇輝に与えられる快感が強くなっていっている気がする。急速に硬度を失う肉茎を体内に包み、麻里の性感は落ち着いていく。

「……ずっと、麻里といる」

部屋の空気は肌寒いが、寄せた勇輝のぬくもりは温かい。麻里はほおを彼のうなじにすり寄せた。

「麻里、クリスマスプレゼント……リクエストしてもいい？」

「……うん、いいよ」

身体の力を抜き、麻里は勇輝の言葉を待っていた。

●

鏡にあまり顔色のよくない花嫁が映っていた。

白いドレスを身に着け、白いレースのケープを羽織っている。

先ほど合わせ鏡で背後の確認をさせてもらっている——背中が大きく開いたデザインのドレスには、レースのケープがよく合っていた。

「失礼いたしますねぇ」

美容師が来て、麻里に白いベールを被せてくれた。

「今日は暖かくてよかったですね。ちょっとこちら片づけて参りますので」

ワゴンに乗っているメイク用品を押し、美容師が出て行く——それと入れ違いに、白いタキシード姿の勇輝が化粧室に入ってきた。

「わあ、似合ってる！　きれいだ！」

歓声を上げた勇輝は楽しげだが、すこし声が上擦っていた。

勇輝も緊張しているのだ——これからふたりで、模擬挙式のモデルを務めることになっている。

夏に開業するホテルの敷地内には、チャペルが建てられている。そちらの開業は四月からで、それに先んじて二月十四日の今日が関係者へのお披露目となる。

そこで挙式するカップルのモデルをすることになった麻里は、緊張で石のようになっていた——これが昨年十二月、勇輝がリクエストしたクリスマスプレゼントだ。

提案された時は、結婚式場で式を挙げる真似をするだけだろう、と麻里は考えていたのだが、まさか近隣企業などに招待状が送られているとは思いもしなかった。

そしてそこで麻里と勇輝の婚約を正式に告知することになったのだ。

招待客のなかに、麻里の両親もいる。

正月に紹介したところ、両親は勇輝をいたく気に入った。両家の顔合わせもすみ、順調といえなくもないのだが——招待客のなかに、麻里の勤め先の社長たちが混ざっていることが問題だった。報告の手間が省けていいじゃないか、と勇輝は気楽に笑ったが、後々絶対に冷やかされそうだった。

おもてへ出て行くのが、いまから憂鬱《ゆううつ》でならない。

麻里が被っているベールをめくり、勇輝は微笑んだ。

「どうせ結婚したら式を挙げるんだし、予行練習だと思えばいいよ」

勇輝のくちびるが重なってきて、麻里は目を閉じる。そっと舌先がくちびるを割り、麻里の口内を散策した。

彼とのくちづけだけで、麻里の緊張はほどけていった。

「もうすぐほんとうに麻里が俺のお嫁さんになるんだ、って思うと、どきどきして堪らなくなるよ。お披露目どころか、きれいだろ、って自慢してまわりたい」

「もう……っ、そんなこといって！」

ほおをふくらませた麻里の前、ふっと勇輝の目に淫靡《いんび》な光がよぎる。

「夜に麻里がどれだけきれいかは、ほかの誰にも教えてやらないけどね」

あとがき

こんにちは、はじめまして！　日野さつきと申します。

このたび密夢文庫さまのラインナップに、新年早々仲間入りさせていただきました。

二〇一六年のっけからめでたいです！


本作は長年抱えていた恋心を成就させた、麻里と勇輝のお話になります。

大学生の時に知り合い、片思いのまま離れていって、再会できるとも思っていなくて、という状況にいたふたりです。

なので時を経て再開したふたりを仲良くさせたい、しあわせになってー！　と思っていたら、食事のシーンが多くなりました。……おいしいものを食べるとしあわせ、という単純なところが出てしまったようです。

作中でなにかと食べてばっかりなのですが、まだ飽き足らず、おせちをつつくシーンがあっても楽しかったかなー、など考えたりも……。

食事はもとより、好きなひとと楽しい時間を共有できるのはとてもしあわせだと思うので、本作の物語の後にもふたりがそういった時間を過ごせるように、作者ながらに祈っています。

今回書き下ろしで、ということでスタートしたのですが、一から十まで担当さまにお世話になってしまいました。

不甲斐なさすぎで反省中……担当さまありがとうございます！

もなか知弘先生のすてきなイラストと一緒に、お手にとってくださった方にお楽しみいただけたらさいわいです！

日野さつき　拝

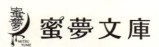

蜜夢文庫

最新刊

恋文ラビリンス
担当編集は初恋の彼!?

高田ちさき〔著〕／花本八満〔イラスト〕
定価：本体660円＋税

「舐めて」長い指が口の中に……恋人ってこんなことするの!?　遂げられなかった想いを込めた一本の小説――それが結びつけた忘れられない彼。そして仮初めの恋が始まった……♡

♥ 好評発売中! ♥

強引執着溺愛ダーリン
あきらめの悪い御曹司
２０１６年１月２９日　初版第一刷発行

著………………………………………………………… 日野さつき
画………………………………………………………… もなか知弘
編集………………………………… パブリッシングリンク
ブックデザイン………………… 百足屋ユウコ＋カナイアヤコ
（ムシカゴグラフィクス）
本文ＤＴＰ………………………………………………… ＩＤＲ

発行人…………………………………………………… 後藤明信
発行…………………………………………… 株式会社竹書房
〒102-0072　東京都千代田区飯田橋２－７－３
電話　03-3264-1576（代表）
03-3234-6208（編集）
http://www.takeshobo.co.jp
印刷・製本……………………………… 中央精版印刷株式会社

ISBN978-4-8019-0609-9　C0193
Printed in JAPAN